光文社文庫

闇先案内人（上）

大沢在《あり》昌《まさ》

JN030267

光　文　社

目次

闇先案内人（上）

1

海沿いを走る曲がりくねった旧道はただでさえ狭いのが、ときおりあるトンネルにぶつかるとさらに狭くなる。ふつうの乗用車ならすれちがうのがやっと、どちらか片方が大型のトラックであれば譲りあわなければ通行は不可能だ。

ハンドルを握る北見《きたみ》の横で葛原《くずはら》は夜に目をこらしていた。梅雨どきにつきものの勢いのない雨は真夜中すぎにあがっていたが、海沿いにでてからは濃い靄《もや》がたちこめている。靄はまるで自在に動きまわるカーテンのようで、葛原が見るところ、海上から海岸に向けて次々と押しよせてくるのだった。その靄のせいで車内の空気もじっとりと湿っている。バンの後部に釣り道具とともに積みあげられたオキアミの冷凍ブロックが溶けるにつれ、さらに湿度が高くなったように思えた。加えてオキアミの強い臭いもこもっている。たぶんこの臭いはしばらく車からぬけないだろう。

葛原はフロントグラスの左上に吸盤でとりつけた小さな鏡をのぞいた。後部席にひとりですわる初井《はつい》の顔が映っている。初井は今、目を閉じ、こころもち体を斜めにしていた。最初に会ったひと月前に比べると、よく陽に焼け、パンチパーマをあてた髪型のせいで精悍さすらその顔には漂っている。一見すると眠っているようだが、とてもそんな気分ではない筈だった。

車が登り坂にさしかかった。葛原はライフジャケットの下のフィッシングウェアから煙草をとりだした。腕時計を見る。日の出まであと四十分ほどだ。

視線を前に移した。坂の頂上にトンネルがあった。葛原は口を開いた。

「このトンネルを抜けるともうひとつ、先にトンネルがあって、港が見える。そこだ」

北見は頷き、

「釣れますかね」

といった。

「どうかな」

葛原は答えたものの、たぶん釣れないだろう、と思った。だからこの時期を選んだのだ。外房では堤防でのオキアミのマキ餌を使った釣りは、黒鯛かメジナがターゲットだ。春の産卵——乗っこみ——を終えた黒鯛は今、深場に落ちている。またメジナは冬にならないと大型はなかなか回ってこない。釣りものといえばせいぜい鰺だろうが、鰺ならばもっとよいポイントが他の港にあることを知っていた。

これからいこうとしているのは天然の岩礁の上に造られた小さな漁港で、外房の海岸線にはいくつも点在している。そのほとんどが水深は浅く、満潮でも三メートルから四メートル前後にしかならない。そうした港ではよほど外海でもシケない限り、大型魚が釣れることはない。

梅雨前線が停滞した海はべたべたの凪だった。海面までもが空気中の高い湿気におさえこまれたように、べったりと平らである。

ふたつめのトンネルを車は抜けた。左下に港が見えた。両腕で海を抱えこむ格好でくの字型の堤防が二本のびている。百メートルほどの、たいして長くないコンクリート製の堤防だった。両方の先端部に水銀灯が立っている。どちらにも人けはない。

「あそこだ」

車は坂を下っていた。二本の堤防のつけ根に傾斜をつけた船揚げ場があった。だが、ほとんどの船は海面に浮かんでいる。早朝の出漁に備え、腕の内側できっちりと舳《へさき》と艫《とも》を接するように係留されているのだった。

「着きました？」

背後から初井が訊ねた。

「着いた。まず釣りの仕度だ」

葛原はふりかえらずに答え、サイドウインドウを細目に開けた。外の空気が煙といれちがいに流れこんでくる。利いていないと思っていた車のエアコンが立派にその役目を果たしていたことを知った。なまぬるい空気は、何か形あるものにぶつかったとたん、水滴にその姿をかえそうなほど湿っていた。

北見が左のウインカーを点した。葛原は背後をふり返った。この数分間、前後に一台の車もいない。すれちがった車もいない。リアウインドウの向こうはまっ暗だった。

車は港の敷地に入った。正面に漁協の小さな建物がある。飲み物の自動販売機の明りが点っている他は人けがない。

「左の堤防のつけ根の方にいってくれ。駐車場がある」

北見は無言でハンドルを切った。

「葛原さん」

北見がいった。葛原は目をあげた。

漁協の先、プレハブの小さな建物で囲まれた駐車場に二台の車が止まっていた。一台はシルバーグレイのメルセデスで、もう一台はシーマだった。

「ナンバーは」

「ベンツは練馬です」

「くそ」

抑揚のこもらない声で葛原はいった。二台の車は両方とも窓ガラスをまっ黒なシールでおおっていた。

「どうしよう……」

初井が怯えた声でいった。

「Uターンしますか」

北見が訊ねた。

「いや、このままだ。まだ一時間以上ある。釣りをするさ」

葛原はいって灰皿に煙草を押しこんだ。

「どうしてわかったんだろう」

北見がつぶやき、ちらりと葛原を見やった。葛原も目で頷いた。情報が洩れたとすれば、うしろにいる元信用金庫職員から以外ありえない。

北見は巧みにハンドルを操り、バンを並んだ漁具小屋に寄せた。

「余分な口はきかずにてきぱき動くんだ。車のことは気にするな」

葛原は初井をふり返っていった。北見がエンジンを切った。

三人はバンを降りたった。葛原はリアの扉を持ちあげた。ロッドケース、道具箱、コマセバケツ、折り畳み椅子などを次々と降ろした。

十メートルと離れていない位置に止まっていたシーマのドアが開いた。車内灯が点り、助手席から男が片足を踏みだした。三人の方をじっと見つめている。

葛原は空を仰いだ。空はだいぶ晴れ、黒から群青に色をかえつつあった。

メルセデスのドアも開いた。葛原のかたわらにきた初井がオキアミのブロックと集魚剤の入った袋をつかんだ。指先が震えている。

「心配するな」

葛原は囁いた。

「もう、ドアロックしていい？」

北見がのんびりとした声で訊ねた。

「ちょっと待った、ヒシャクだすのを忘れた」

葛原はいって上半身をトランクルームにもぐりこませた。プラスチックのコマセビシャクをつかむと、

「いいぞ」

と答え、リアの扉をおろした。北見が運転席のドアにさしこんだ鍵を回した。カシャッと集中ロックが働き、バンのドアがすべてロックされた。バンは国産の二〇〇〇ccで、横腹に「関東インテリア」とロゴが入っている。

「あんたはオキアミと集魚剤もって」

葛原は初井に大きなビニール袋を押しつけた。初井の額にはじっとりと汗が浮かんでいた。

「北ちゃんは椅子と道具箱頼むわ」

「はいよ」

葛原はロッドケースを肩にかけ、コマセバケツをつかんだ。ちらっと二台の車の方を見る。

今ではメルセデスからも男が身をのりだし、こちらを凝視していた。ひと言も声はかけてこない。両方とも釣り人でないことは明らかだった。やくざ以外の何者にも見えない姿形をしている。

「いこう。左の先っぽの、テトラの際《き》わがいいんだ」

葛原は目をそらし、いった。やくざたちはそれでもじっと視線を注いできている。

この港、という確実な情報ではないのだな、と葛原は思った。もしこの港とはっきりわかっていれば、張りこみは二台ということはない。

たぶん外房一帯の漁港という漁港に駆りだされているのだ。となれば、ルートをまったくかえない限り、日にちをずらしたところで結果は同じだろう。

葛原が先頭に立って歩いた。首から吊るした懐中電灯のスイッチを入れる。まん中に初井をはさんでしんがりを北見だ。

漁具小屋を回りこみ、船揚げ場の外れから堤防にあがった。堤防は高いところで海面から一メートルというところだ。

電灯が揺れ、ライトが海面を照らすと船溜まりの端に寄せられたゴミが浮かびあがった。木屑や弁当の空き箱に混じって、小さな猫の死骸らしきものもある。

葛原は目をそらし、堤防の先端に向けた。水銀灯をめざし、歩いていく。

三人の足音が堤防上に響いた。スパイクを埋めこんだ磯歩き用のブーツは、カシャカシャと規則正しい音をたてた。それに、漁船の舷側がこすれあう、ぎいっという音が混じる。

潮の匂いはほとんどしない。堤防の上に立っても風が感じられない。港の外の海面も黒インクを流したように静かだった。

堤防の先端に達した。やくざたちが追ってくる気配はなかった。

荷物をおろし、息を吐いた。体から湯気が立ちそうなほど汗をかいている。駐車場は漁具小屋にさえぎられ、見えなかった。

「コマセを作ろう」

葛原がいうと、初井がびっくりしたように見た。

「本当に釣るんですか」

囁くような小声で訊ねる。

「そうさ。何しにきたと思ってるんだ?」

葛原は冷ややかに初井を見つめ、いった。

「水汲みますよ」

北見がロープのついたビニールバケツをとりだした。海面に投げいれる。

「オキアミを渡してくれ」

葛原は初井にいった。初井がさしだしたオキアミのブロックは、表面が三分の一以上、溶けていた。それをコマセバケツに手でほぐしながら入れる。半分の三キロほどを入れたところで、集魚剤の袋をひきよせた。

つっ立っている初井にいった。

「ぼやぼやするな。連中は双眼鏡でこっちを見てるに決まってるんだ」

弾かれたように初井は動いた。

「何をすればいいんです」

「そこのロッドケースを開けて、玉網《たまあみ》を組みたててくれ」

「俺がやりますよ」

北見がいった。葛原は北見を見た。

「びくついてないな」

「本当は小便ちびりそうですよ」

北見はいまいましそうに初井をにらんだ。

「俺が小心者だっての、知ってるでしょう、葛原さん」

「俺だってそうさ。気が小さくて有名なんだ」

一見すると乾燥した糠《ぬか》のような集魚剤をオキアミの上にあけた。初井にいう。

「水をいれてかきまぜるんだ。ちょうど糠味噌くらいの固さまで」

「これをですか」

ぎょっとしたように初井がバケツの中を見つめた。

「そうだ。黒鯛の大好物なんだよ」

「死にたくないんでしょう」

北見が冷たい口調でいった。葛原は北見が汲んだバケツの水で手を洗い、腰のタオルでぬぐった。

初井がかがみこみ、バケツの中をかき混ぜ始めた。

葛原はロッドケースをとりあげた。中には玉網と振りだし式のカーボン磯竿が三本入っている。リールは道具箱の中だ。

北見が道具箱を開け、リールをとりだして渡した。葛原は三本の竿に次々とリールをとりつけていった。竿の長さは全部をのばせば、五・四メートルになる。

「いつかまともな釣りがしたいですね」

北見が囁いた。葛原は北見を見やって微笑んだ。

北見は葛原よりちょうどひとまわり下で、二十九歳だった。独身で、ふだんは叔父の経営するガソリンスタンドに勤めている。車の運転とアマチュア無線を特技とする若者だ。運転テクニックは、サーキットではなく公道で鍛えられたものだが、公道でならF1レーサーとでもいい勝負をするだろうと葛原は思っていた。

実際、レーサーにならなかったのが不思議なのだ。葛原にはその理由がわかっている。父親を早くに亡くした北見には、病弱な母親がいて、入退院をくり返している。レーサーでは、すぐには大金はつかめないし、いつも母親のそばにいられるとは限らない。趣味の車と無線にも金がかかる。

それでチームに加わったのだ。葛原に北見を紹介したのは米島《まいじま》だった。米島は鉄道と地図のマニアで、居ながらにして、日本全国の線路と道路を解説できる。ふたりを結びつけたのは、アマチュア無線だった。

米島のことを思いだし、葛原はそっとスラックスの携帯電話をのぞいた。受信可能のアンテナマークが表示されている。

「こんなもんですか」

初井がいった。葛原はかがみこみ、バケツの中のコマセを指で押した。

「いいだろう。誰に話したんだ?」

小声で訊ねた。初井は息を詰め、目をみひらいた。陽焼けした顔に血の気はなかった。

もしこの数日間を陽焼けサロンに通わせなければ、まっ白い顔だったにちがいない。

「だ、誰にも……」

「じゃああいつらは何だ？」

葛原は首を傾けた。

「知りません」

「別にあんたをひき渡したっていいんだぜ」

「そんな……約束がちがう――」

「約束？　破ったのはそっちだろう」

「五千万も渡したのに……」

「五千万で俺たちふたりの命まで買えるか？　え？」

初井は唇を震わせた。

「兵藤《ひょうどう》組だろうが、あれは」

初井が葛原に会いたいといってきたのは、ひと月前の月曜日だった。ツナギの役をしたのは、姜《かん》だった。姜は、麻布十番で高利貸しをやっている。葛原にとってツナギを果たす、わずか三人の人物のひとりだ。

――ひとりお客になりたいって人がいますがね、やります？

――いくらもってる？

――信金の職員でね、会社から八億ひっぱって、ななつが焦げついた。ひとつがキックバック
――やっつは少なすぎるな
――でしょう。で、悪い連中がとっついた。お決まりのパターンですよ。あとむっつひっぱって、もうひとつがそいつの懐ろに入ってる
――なるほど。で、やばいのはどこだい
――とっついたのは兵藤組のとこの高利貸しでね。あと十《とお》はひっぱれると踏んでる。ところが本人がびびった……
――絵に描いたような話だ
――ホント。アクビがでそうですわ
信用金庫に限らず、金融機関に勤めるこの手の客が、三年間で六件もあった。銀行や信金の営業が客に抱きこまれ高額融資をして焦げつきをおこす。これはいわば第一幕だ。バブルが弾け、土地や株の処分ではどうにもならないとわかったところで、今度はそれを食い物にする連中が現われる。この連中は、最初の客とぐるの場合もあるし、最初の客をしゃぶりつくし次の獲物として営業にとりつく場合もある。
焦げつきが表にでれば、銀行員としてのキャリアが終わる、だから何とか救いましょうというわけだ。ついては土地や株はもう駄目だ。今は金を金に投資する時期だ。あんたを

紹介してくれた○○さんのように、今このどん底をしのげば、いくらでも回収がつく会社が世間にはごまんとある。ほんのひと月ぶんの回転資金がでないために潰れようかってところだ。そこに金を貸すんですよ。十億回してくれりゃ二億の利子がつけられる、それもひと月で。その調子で回していきゃあ、あんたの焦げつきも半年かそこらで回収だ――。

金に色はない。だからとり返すための金をつぎこもうとする。

文字通り、ハイエナの商売だ。弱ったところに襲いかかり、とことんしゃぶりつくす。ひっぱれるだけ金をひっぱろうというのだ。

当然、不正融資となる。刑法でいうなら背任横領だ。

この初井も、飲まされ食わされ、抱かされて、頭の片隅にでもまだあったかもしれない罪への畏れを吹きとばされた口にちがいない。

だがふと我にかえったというわけだ。恐くなり、しかしおおそれながらと警察に訴えでるわけにもいかない。手を引くといえば、高利貸しのバックについたおっかないのがでてくる。

――お前を埋めちまえば、こっちはまるで無傷なんだよ

これが第二幕。ことここに至って、ようやく初井は、自分が最初からやくざたちの獲物であったことに気づく。金の泉とつながった水道の蛇口だ。

刑務所に入るか、殺されるか。

第三幕が開く。葛原ら、もうひと組のプロの出番だ。

こうした事件を起こす、金融機関の人間はタイプが決まっている。仕事にも遊びにも熱心でつきあいが広い。酒もゴルフもオーケー、女子社員にも「やり手」と人気がある。つまり、家庭は崩壊寸前、というわけだ。当然のことながら、外に女がいる。逃亡をさまたげるのは、その女への未練くらいのものだ。

「――女だな」

葛原はいった。初井は、女はいない、と葛原にいっていた。姜の話のウラをとり、初めて姜の事務所で会ったときのことだ。

「女に連絡をとったろう」

空は群青から青にかわりつつあった。靄はきれいに姿を消し、じきに日がのぼる。

初井は目を伏せた。

「この野郎、女に何と話した？」

葛原は歯と歯のすきまから、低い口調でいった。

「鹿児島で会おう、と……」

初井はかろうじて聞きとれるほどの声で答えた。葛原は息を吐いた。

「馬鹿が」

吐きすてる。腕時計をのぞいた。迎えのくる時刻まであと四十分があった。

銚子をでた高速船がこの堤防で初井をピックアップする。それから和歌山の勝浦までつっ走り、勝浦で船を乗りかえて宮崎の延岡まで向かう。延岡から陸路で鹿児島に入ると、鹿児島から再び船で石垣島を経由して台湾、というのが、葛原と米島がたてた今回の脱出ルートだった。

台湾には契約をしている引きとり先がいる。チームのメンバー、美鈴《びれい》の別れた亭主、康《こう》だ。

「どうします?」

北見が竿のガイドにリールの糸を通しながら訊ねた。

「やるだけやる。日がのぼればあきらめて奴らも帰るかもしれん」

「どんぱちになったら逃げますからね」

「俺も逃げるさ」

吐きすてて葛原は初井を見た。

「船には三人乗れるのかな」

北見がつぶやいた。

「乗れんな。燃料がもたないだろう」

「三浦かどっかで降ろしてもらいましょうよ」

葛原は北見を見た。北見の顔は真剣だった。

「場合によっちゃ、な」

葛原は答えた。

2

海面の上を音が渡ってくる。どすん、ばしん、という音だ。漁師たちが起きだし、出漁の準備を始めているのだった。

三本の竿のガイドに糸を通し終わり、遊動しかけのウキをつけて、葛原は一本を初井に渡した。

「竿をのばすんだ。リールの使い方はきのう教えたろう」

水銀灯はいつのまにか消えていた。それでもはっきりと初井の顔が見てとれるほど空は明るくなっている。

自分の竿をのばし終わった北見が、コマセをヒシャクですくい海面に投げこんだ。のぞきこみ、いう。

「水が澄んでますよ」

「凪つづきだからな」

だから海上路を選んだのだ。葛原の得た情報では、兵藤組は初井が姿を消した四日前から、警視庁捜査二課は一昨日から動き始めている。こういうケースではやくざが動いてから警察は腰をあげる。

エンジン音が海面を叩いた。ひとつが点火されると呼応するように、他の船のエンジンも点火された。

葛原は時計を見た。迎えの船は、もう沖についているかもしれない。出漁とぶつからないように待っているにちがいなかった。

初井を見ると、もたつきながら竿をのばしていた。

「おっと」

しかけをふりこもうとした北見が竿をあげた。エンジン音が高くなり、漁師がひとり乗った漁船が、堤防の先端と先端のあいだをすり抜けていったからだった。ぼんやりと糸をたらしていては、スクリューに巻きこまれる。漁師は釣り人の姿を見慣れているのか、目もくれなかった。

港をでた漁船は、堤防から百メートルと離れないうちに、エンジンをニュートラルに入れた。沖へとは向かわない。

「どうしたんだ？」

それを見やり、北見がつぶやいた。さらに一艘が港の出入口をくぐり抜けた。その船にも漁師はひとりしか乗っていない。

「公平を期すのさ」

葛原はいった。

「公平？」

その声がかき消された。次々と船溜まりを離れた漁船が港をでていく。ほとんどの船に漁師はひとりしか乗っていない。ゴムのバカ長をスウェットの上に着け、額に手ぬぐいを巻いたり帽子をかぶっている。髪を短く刈っていない者は、パンチパーマをかけていた。

そのために初井にパンチパーマをかけさせたのだ。

あっというまに十数艘の漁船が港をでてすぐの海面に結集した。互いが起こす波に小型の漁船は大きく揺れている。

ライダーがバイクのエンジンを吹かすように、漁師たちはアイドリングさせているエンジンを吹かした。

「まるでレースの前だな」

「相手が人間なら、こんなやり方はせんさ。飲ませたり抱かせたりすりゃ、贔屓ってのもあるだろう」

葛原はつぶやいた。

「自然が相手じゃ接待はきかない？」

北見の問いに頷いてみせる。

不意に漁船が一斉スタートを切った。かけ声がかかったのでも、何かの合図があったようにも見えなかった。が、耳を聾するエンジン音を轟かせて、漁場に向かって突進していく。それはさながらレースだった。

漁船のめざす方角がすべて同じというわけではなさそうだ。群れを離れて別方向へと走っていく船もある。

やがてエンジン音が遠ざかり、港は静けさの中にとり残された。陽はすっかりあがり、海面はきれいな紺色に細かなガラスの破片をまいたような輝きを伴っている。

葛原はふうっと息を吐き、

「釣るとするか」

しかけをふりこんだ。初井も見よう見まねで竿を振った。北見がウキの周辺にコマセを投げこんだ。

ぱっと黒っぽい小魚が集まり、そこへ今度は潜水艦のようなスマートな体型をした三、四十センチ前後の魚の群れがつっこんでくる。ボラだ。

ボラが身を反転させると、腹側の白い部分が光を反射し、ぎらっと光る。

「ありゃりゃ」

北見が竿をあげ、ぼやいた。つけエサがきれいにとられている。フグかこっぱメジナのしわざだろうと葛原は思った。

実際に黒鯛を釣るためには、季節や水の条件が悪いことを別にしても、三十分か一時間はコマセをまきつづけなければならない。

ということは黒鯛が寄った頃、ここをひきあげるというわけだ。

もちろん駐車場にいる連中がそれまでにあきらめていなくなれば別だが。

「──彼女なんですが」

初井が身をよせてきていった。竿のもち方もぎこちないが、遠目にはそれとわからないだろう。

「あきらめるんだな、どこのおねえさんかは知らんが」

葛原は目もくれずにいった。

「銀座の子なんです。二十七で、一回結婚に失敗してて……」

「気立てがよくてすれてない、か？　ついでにいや、その店は兵藤組の高利貸しに連れていかれたのだろ」

初井を見た。初井は驚いたように目をみはっている。葛原はおだやかにいった。

「いいとこ、ふたまただな。あんたと誰かを天秤にかけてる。悪きゃ、あんたの監視役だ。千葉の港からでるって話はそのおねえさんにしたのか」

「はい」

葛原は空を見上げた。梅雨の中休みというやつだろう。暑くなりそうだった。フィッシングウェアの通気性はいいが、ライフジャケットはそうはいかない。背中は汗で濡れている。

「誰にも話はなしだ、そういわなかったっけ」

「わかってます。申しわけなく思います。でも台湾にいったって僕はひとりぼっちなんです。彼女がひと月でもつきあってくれれば気がまぎれると思って――」

「あんたは一生台湾に住む必要はなかったんだよ」

葛原は初井を見た。北見はやりとりが聞こえているのかいないのか、そしらぬ顔でウキを見つめている。

「せいぜいみ月か半年だ。そうすれば台湾国籍をとって、日本に帰ってくることはできた。張《ちゃん》さんだか楊《やん》さんになってな。それからだって女と暮らすことはできたろうに」

初井は目を伏せた。

「すいません」

葛原は煙草をくわえた。

「外国へ飛んだって、そこで一生暮らせる奴なんかめったにいないんだよ。それができるくらいの根性があったら、逃げなけりゃならないような馬鹿はしない」

火をつけ、煙を吐きだした。初井は答えなかった。

不意に太腿のあたりで、ピリリリと小さくベルが鳴った。

「北さん、場所かわってくれ」

「はい」

葛原は北見と体の位置を入れかえた。駐車場の方角から北見の体を盾にしてかがんだ。携帯電話を耳にあてた。

「はいよ」

「いるかお？」

割れた声は、船舶電話からにちがいなかった。

「いる」

「よっしゃ。一枚でいいんだな」

「わからん。場合によっちゃ三枚」

「参ったな。アブラが保《も》つかお」

「人がでてんのさ」

「何だい、漁師かい、それとも——」

「釣り人だ」

漁師といえばプロ、つまり警察を意味する。釣り人ならば警察ではない。やくざだ。

「何枚つくらいあげそうだお」

「四枚かな」

「まあ、何とかなんべえ。七、八分で着くっぺ」

電話は切れた。葛原は電話を戻した。

「七、八分だ」

小声で北見にいった。

「了ー解」

北見はいい、コマセビシャクを振った。ひと握りほどのコマセがウキのかたわらに着水し、それにつられたボラの群れが殺到する。ウキが魚の体当たりに揺れた。

ぴっと北見が竿を上げた。舌打ちする。

「またエサ、とられた」

葛原は堤防のつけ根をふり返った。緊張がふくらんだ。四人のやくざがそこに立ち、こちらを見ている。

「まだいやがる」

「こりゃいよいよ三浦だな」

北見がつぶやいた。初井が見やり、あわてて顔をそらした。

「やばいな」

葛原はつぶやいた。やくざのうちのひとりが堤防の上を歩き始めていた。三人をその場に残している。明るくなったところで、顔を確かめようというのか。

初井を見た。七・三だった髪はパンチに化け、陽焼けし、おまけにふくみ綿も入っている。美鈴のメイクのせいで、ちょっとやそっとでは本人とは絶対に見破られないほどの変貌はとげている筈だった。

堤防の上を歩いてくる男は、サングラスをかけ、黒っぽいスーツにノーネクタイでシャツを着ている。急いでいるようすはなく、ぶらぶらと釣りを見学にくるようにも見えた。

「サングラスかけて喋るなよ」

葛原は初井に命じた。そして初井をあいだにはさむ位置に移動した。

男は十メートルほど手前まできていた。葛原は竿をあげた。

「ハリをとられちまった。フグだな。北さん道具箱貸してや」

「ほいよ」

北見が道具箱をさしだした。竿をおき、かがんで蓋を開いた。上下二段になっている。上の段からハサミをとり、ハリスを切った。

「釣れっかい」

声がした。葛原はふり仰いだ。両手をポケットにつっこんだ男が立っていた。サングラスはスモークで目の動きが読めない。陽に焼けていて口ヒゲを生やしている。

葛原は首をふった。

「ぜーんぜん。潮が澄んじゃってね」

「だろうな」

男は身をのりだし、海面をのぞきこむとツバを吐いた。革靴の底が堤防の表面とすれ、じゃりっと音をたてた。

葛原は新しいハリにハリスを巻きつけながら、沖を見やった。一艘の船がこちらに向かっていた。距離はまだ数百メートルある。一見すると釣り船のようだが、ボストンホエラーの高速艇だった。三十フィートある。

「クロやるにはいい時期じゃねえな」

「休みがなかなかとれなくてね」

答えながら背筋を汗が伝うのを感じた。釣りを知っている男だ。

「よく、くんのかい？」

葛原は首をふった。

「始めたばかりでね。どこか釣れるとこありますかね」

男は首をふった。その目は初井のうしろ姿にじっと向けられている。初井は今にも震えだしそうに見えた。

「そっちの兄さんはあんまり釣りやんねえみたいだな」

葛原は男をふり仰いだ。男はにやりと笑った。

「竿だすときによ、手もとの方からのばしてたろ」

葛原は息を吐き、頷いた。漁船のレースに気をとられ、注意するのを忘れていた。振りだし竿は、口径の異なる竿を手もとの最も太い筒となる部分に納めている。これをのばすとき、慣れない人間は、手もとに近い筒からひきだしていく。そうすると竿の長さだけ、先へ先へと移動していかなければならない。のばす部分が遠くなるからだ。慣れた人間は、最も細い穂先からのばし始める。自分は動かなくてすむ。

「ビギナーなんですよ」

「道具にゃ金かけてるな。え?」

男は道具箱をのぞきこみ、笑った。

「魚屋で買ったほうが安いのにねえ」

葛原も笑いをあわせた。

男の目がそれた。港の入口に向かってくる船に気づいたのだ。

「海育ちですか」

葛原はいった。男は答えなかった。不審げに船を見つめている。さっき漁港を一斉にでていった船に比べるとひと回り以上大きかった。

「え?」

男はふり返った。

「海育ちですか」

「ああ。茨城のよ、貧乏くせえ漁師の倅だよ」

そして葛原を見つめた。葛原の顔から何かを読みとろうとするかのようだった。

「おおーっ」

声がかけられた。近づいてくる船の操舵室からだった。帽子をま深にかぶった船頭が舵輪を切りながら叫んだ。

「つけっぞぉ、竿あげろっ」

男の顔が一変した。

「てめえ!」

ふりかえって仲間の方を見た。船揚げ場の方からは船は堤防にさえぎられ、見えない。

葛原はすばやく動いた。道具箱の下の段に手を入れると、刃渡り十五センチほどのナイフをひきだした。背後から男を羽交いじめにし、ナイフをわき腹におしあてた。

「でかい声だすなよ」

男が首をねじり、初井をにらんだ。

「初井、てめえ、逃げられると思うなよ」

「刺すぜ」

葛原がナイフを肝臓の上におしあてると口を閉じた。

「乗れっ」

船は舳を堤防に押しつけるようにしていた。ロープをかけていないため、離れそうになるのを船頭が前進後退をくり返している。チャカ着けと呼ばれる磯渡しの技術だった。

ためらっている初井に葛原は怒鳴った。

「早く乗れ！」

初井は竿をほうりだし、舳にとびうつった。その瞬間、船が離れ、海に落ちそうになったが、かろうじて手すりをつかんだ。

「これ一枚っかあ！」

船頭が怒鳴った。

「いや、三枚だ！」

葛原は叫び返し、北見に目で合図を送った。そうするまでもなく北見は堤防にもちこんだ釣り道具を船の甲板に投げこみ始めていた。

葛原は堤防のつけ根を見やった。残っていた三人のやくざも異変に気づいていた。大声をあげ、堤防の上を走りだした。

北見がとびうつった。やくざたちは、あと五十メートル足らずのところまで迫っていた。

「只ですむと思うなよ」

男が歯ぎしりするようにいった。

「ぶっ殺してやっからな、必ず」

「海育ちだっていったな。泳ぎは達者だろう」

葛原はいった。男が息を呑んだ。

「馬鹿っ、てめ――」

男の背をつきとばした。男は空中で両手を泳がせ、海面にとびこんだ。背後で怒号があがった。

「葛さん!」

北見が叫んだ。船の舳と堤防の間隔がひき波で一メートル近く開いている。葛原は堤防の上を走り、跳んだ。

その姿を見届けた瞬間、船頭がギアを後進にいれた。エンジン音があがり、葛原が手すりにつかまって体を支えると、白い波を蹴たてた。

叫び声をあげているやくざたちが堤防の先端部まで達した。白い光を手もとできらめかせている者もいる。さすがに信金職員相手では、拳銃まではもってきていないようだ。

海面を見た。つき落とした男は、派手な水しぶきをあげ、腕を動かしていた。葛原はライフジャケットを脱ぐと、男めがけほうった。

ライフジャケットはくるくると回転しながら、男から一メートル足らずのところに落ちた。男はわめき声をあげ、泳ぎよった。

船は沖合いに向きをかえ、前進を開始した。葛原は大きく息を吐いて甲板にすわりこんだ。

最後にもう一度堤防を見やると、やくざのひとりが腹這いになって手をのばしているのが見えた。

3

三浦半島の港で葛原と北見は船を降りた。船頭は下田の知りあいの漁師に電話をかけた。沖合いでおち合って燃料を分けてもらう相談だった。もちろん割高になるが、寄港することを思えばましだった。伊豆半島あたりだと、兵藤組の手がのびている可能性もある。

釣り道具を肩に京浜急行に乗りこんだ。

「また女に連絡するんじゃないですか」

北見がいった。昼下がりの京浜急行上りは空《す》いていた。

「電話を入れとく。鹿児島で誰とも会わさないようにな。それと出発を早めて、すぐ台湾へもってかせるよ」

「素人はタチ悪いすね」

北見はぼやいた。めったにないことだが、たまにやくざ者を運ぶこともある。カタギに比べると〝旅〟に慣れているせいか、やくざ者の方がはるかに行儀がよく、手間もかけない。寂しがって面倒を起こすような馬鹿は、最初からひきうけないのが葛原の方針だった。ただ、やくざ者がチームの〝客〟になることはほとんどない。やくざはやくざでその道のプロであるから、逃げるためのルートをもっている。大半は、タイやフィリピンなどの東南アジアだ。彼らはカタギとちがい、一生を逃げ通すことなど考えていない。ほとぼりがさめるまでの短期間の逃亡で、その点でも葛原らが商売にしている仕事とは性格がちがう。さらにいえば、やくざ者の逃亡者は概して大金はもっていない。

「あの兵藤組の奴、怒ってましたね」

「二、三日は、車を取りにいけないだろうな」

「ま、足がつく心配はありませんよ」

ナンバープレートは偽造なのだ。

「それより、どっかででくわしちまったら厄介ですよ」

「忘れるだろう」

葛原はいって窓の外を見やった。

「相手も仕事ならこっちも仕事だ。深根みはせんさ」

北見はため息をついた。

「葛さんのその図太さには参りますよ。へんなところで気が小さいかと思うと、えらいとこで神経太かったり」

「そういう仕事なのさ」

葛原は笑った。怯えてばかりではもちろん駄目だが、無神経でも長くは保たない。

電車が品川駅に着いた。ふたりは駅前からタクシーに乗りこんだ。

「中目黒」

葛原は運転手に告げた。中目黒から恵比寿にかけて、三ヵ所のアパートとマンションを借りてある。それぞれが荷物置場であると同時に、〝客〟を泊められる宿泊施設にもなっていた。ただし、その正確な場所は〝客〟にもわからないよう、連れこむときに気をつかっている。

タクシーを前まで乗りつけることはせず、一軒のアパートの近くに借りた駐車場の前で降りた。釣り道具をそこに止めてある車の中にしまった。着がえは外房の港におきざりにしたバンの中なので、そのためにマンションに向かう。

ふたりが徒歩で向かったのは、中目黒三丁目にある古いマンションだった。中目黒小学校に近い住宅街で、昼間でも静かだ。このマンションを葛原は四年前から借りていた。五階建てでエレベータがないため、部屋の広さのわりに家賃が安い。

三DKの部屋に入ると、北見が押入から布団をだし、しいた。葛原は黄ばんだ畳の上にアグラをかき、六畳間の中央にぽつんとおかれていた電話の受話器をとりあげた。

「はい、大森美容室です」

ボタンを押し、呼びだしに応えた若い娘に告げた。

「ママをお願いします」

「お待ち下さい」

数秒後、たった四、五メートルを歩いただけで息を切らせた美鈴の声が耳に入ってきた。

「はい。ママです」

「葛原だよ。船はでた。予定より少し遅れるだろうが、何とか着く筈だ」

「はいよ。米《まい》ちゃんから電話があったらそういっとく」

「頼む」

電話を切った。北見が冷蔵庫からだした缶ビールと品川駅で買った弁当を並べている。缶ビールの栓を開け、乾杯した。弁当を食べて、布団に横たわった。窓を細めに開けてあるのだが、部屋の中は湿度が高く蒸し暑い。

隣室は、片方が空き部屋で、もう片方は看護婦の母娘が住んでいる。この部屋は、地方の運送会社の寮ということになっていた。

葛原は染みのある天井の板を見上げていた。やがて、北見の軽いいびきが聞こえてきた。

次の仕事までしばらくあいだをあけた方がいいだろう。北見もいっていたが、兵藤組はひと月ほどは熱くなって葛原らを捜すにちがいない。

兵藤組の縄張りには足を踏みいれないことだな――自分で自分にいい聞かせた。

それでいい。葛原はめったに飲み歩くようなことはしない。仕事のないときは図書館とレンタルビデオ屋くらいにしか足を向けないのだ。静かな暮らしだ。

目を閉じた。悪い夢を見そうだという予感があった。夢の内容まで想像がつく。だが避ける方法はない。

夢の内容——それは殺人容疑で逮捕されることだった。十一年前に起きた殺人の主犯容疑。証拠はすべて揃っている。逃れる術はない。夢の始まりはいつも同じだ。見知らぬ男たちが現われ、葛原に本名で呼びかける。無視しようとするがなぜかできずに応えてしまう。

四時半に目覚まし時計が鳴った。北見がベルを止めた。ふたりはしばらく布団を動かなかった。西陽が窓から入り、部屋の温度はひどくあがっている。

呻きながら北見が体を起こし、手洗いに入った。葛原は台所に立った。

夢を見なかった。まるですとんと闇の穴に落ちこんだような眠りだった。汗でぬるぬるする首すじと顔を洗った。

手洗いをでてきた北見と向かいあい、煙草を吸った。

「爆睡しちゃいましたよ」

北見は笑った。

「そしたら近所のスナックにでもいって……」

「夜、寝られないのじゃないか」

葛原は頷いた。二人で布団を畳み、マンションの部屋をでた。中目黒の駅まで歩いた。

北見の住居は江戸川区だった。

恵比寿からJRに乗りかえる北見と別れ、門前仲町まで地下鉄で動いた。葛原の自宅は、門前仲町の富岡八幡に近いマンションだった。

永代通りをそれ、マンションの建つ一方通行路に入った。習性で、止まっている車のナンバープレートに目がいく。縦列で違法駐車しているのは、足立ナンバーの車ばかりだった。

部屋は二階だった。葛原はエレベータを使わず、階段を登った。マンションはオートロックで、一階のインターホンが鳴ったら、各戸にとりつけられたテレビ画面から来訪者を確認できるシステムになっている。バブルが生みだした、高度な保安体制のマンションだった。住人は、銀座のママやら暴力団の組長などだ。もっともほとんど顔をあわすことはない。

二LDKの部屋に入ると窓を開け、淀んだ空気を入れかえた。

居間においたソファにすわり、郵便受からとってきた新聞を開いた。三日ほど帰っていなかった。その間の全紙に目を通すつもりだった。

カチリ、という音が玄関でした。葛原は顔をあげた。見知らぬ男がふたり、入りこんでいた。インターホンも鳴らさず、かけておいたドアロックも解いていた。

男たちはダークブルーのスーツを着て、ネクタイを締めている。

「国枝《くにえだ》さんだね」

男のひとりが口を開いた。その瞬間、葛原は奇妙な納得を感じていた。夢を見なかったわけだ。

夢のかわりに、現実に同じことが起こった。

だが夢とはちがい、葛原は呼びかけには応えなかった。無言でふたりの男を見つめただけだ。

「あがっていいかな」

ふたりのうちの年配の方の男がいった。五十二、三だろう。白髪の混じった髪をオールバックにし、背が高い。もうひとりは四十そこそこで眼鏡をかけ、丸顔だった。年配の方は落ちついているが、眼鏡はややとまどっているようにも見える。

「セールスマンならお断わりだ。帰って下さい」

葛原はいった。年配の男は笑った。

「セールスマンじゃないよ、国枝さん。わかっているだろう」

「国枝って誰だ？　人の家に勝手に入りこんで、何をわけのわからないことをいってる」

眼鏡が何かをいいかけた。それをおさえこむように年配の男はいった。

「こりゃあ失礼。今は葛原さんだったな。私は望月《もちづき》。どこの人間かはいわなくてもわかるよな」

「わからんね。どこの人間だ」

「強情はりなさんな。今日はちょっと顔を拝みたくて寄っただけなんだから」

「それが合鍵もって不法侵入か。なんなら一一〇番しようか」

「ずいぶん強気じゃないか。あんたの昔の相棒は、未決拘留でもう六年だ。あんたはそのあいだ好きなだけしゃばで楽しんだろう。そろそろ代わってやろうとは思わんのかよ」

「わけのわからないことをいうな。でていけ」

「話だよ、話。俺らがこうやってきている以上、聞くだけでも損はないだろう」

望月と名乗った男は自信ありげにいった。その自信が葛原を追いこむための作戦なのか、それとも真実なのかはわからない。が、今日のこの侵入が、異例のものであることだけは明らかだ。単に葛原の身柄をおさえたいだけならば、この男たちは令状をもち、正規の手順を踏んで訪れた筈だ。だから今すぐに極端な行動をおこすのは賢明ではない。

眼鏡が咳ばらいをした。

「ちょっといいですか。葛原さん、あなたが国枝護《まもる》でないとしても、私たちは、あなたが今していらっしゃるお仕事のことをかなり調べています。もちろん、すぐに送検できるほど揃っているとはいいません。しかし何人かのお仲間のこともわかっているし、その気になれば、もっといろいろと集めることはできる。とりあえず今日、話を聞くことは、あなたの立場にたってみても、決して損にはならない、そう思うからこうして失礼なうかがいかたをしたわけですよ」

「強気はそっちのようだな。身分を告げないからといって、脅迫してかまわないってことにはならないのじゃないか」

眼鏡は望月と顔を見あわせた。この先どうでるか、無言のうちに相談した。彼らが何を葛原に話したいにせよ、ふたりだけの判断でここにやってきた筈はない。彼らをここによこした人間は、令状をもたさなかった。その理由が、でかたを彼らに迷わせている。

きわめて異例のことだ。何らかの取引を彼らが葛原にもちかけたがっているのは明白だった。しかしこれを、葛原が取引と認めるわけにはいかない。彼らの口からそれらしい言葉がでるまでは待つべきなのだ。もちろん、やりすぎてもいけない。やりすぎれば、令状が現われ、葛原は逮捕される。それが殺人容疑のものなのか、逃亡帮助、あるいは犯人隠匿容疑のものなのかはわからないが。

いずれにせよ、今日は葛原がつっぱる日だ。次回は彼らがつっぱってくる。明日か、それとも今夜か。

「葛原さんよ」

望月がいった。

「俺たちが取引しようと考えているなんて思わないことだな。いいか、出直してくるなんて洒落たセリフを俺たちに期待しているなら甘いぜ」

「そうかね」

「本当です。令状はここにあります。殺人容疑の逮捕令状です」

眼鏡はいって、上着の内ポケットに手を入れた。とりだして広げてみせた。

「国枝護に対するものです。執行するかどうか、それだけのことです」

「執行する気なら、弁護士に連絡をする」

葛原は背筋に冷たいものを感じながらいった。この男たちの目的がわからなくなった。

「あなたの逮捕については、いろいろと複雑な問題が含まれている。たとえばこの令状に関していえば、殺人の共犯容疑だ。しかし現在、二審の久保《くぼ》洋輔《ようすけ》は、あなたが主犯であって、自分は従犯に過ぎないと主張している」

「あなたじゃない。俺は何も認めていない」

「いずれにせよ、我々はたった今でもこの令状を執行し、あなたの身柄をひきあげた上で取調をおこない、再逮捕すればすみます」

「だから意地をはるんじゃない。そっちがプロだというのを見越して、こっちも動いているんだ。飛ぶのはおはこだろうが。出直しなんてかわいい真似をしたら、お前が飛ぶことは、目に見えているんだ」

逮捕状がはったりでないとすると、葛原には選択の余地がない。彼らがこだわっているのは〝形〟にすぎず、結果、逮捕状を執行しようがしまいが、彼らの当面の目的は果たされる。葛原の身柄をおさえる、という目的は。

葛原が無言でいると、

「上がらせてもらうよ」

望月はいって靴をぬいだ。眼鏡もそれにつづいた。

葛原はリビングのソファにすわったままだった。ふたりは向かいの長椅子に腰をおろした。

「紳士的でありたいと思っているんだよ。でなきゃどっかであんたをひっかけりゃすんだことなんだ」

望月は上目づかいで葛原を見つめ、いった。葛原は答えなかった。ふたりの本当の狙いがわからない以上、うかつな会話は交せなかった。

「私の名前は野尻《のじり》です。とりあえず今日うかがったのは、あらためてゆっくり話す機会をもちたいと思ったからです」

眼鏡がいった。

「俺たちがひっかけりゃ、そこを誰かに見られるかもしれん。それじゃ今後、旦那が動きづらかろうって、野尻さんがいうわけだ」

望月はいった。

「動きづらい？」

葛原は訊ねた。

「そう。お仕事なんだよ。詳しい話は場所をかえて、ということだ」

「今からか」

「そっちがかまわなけりゃな。だが用事があるのだったら日をかえてもかまわない」

「話しあいまでは、できるだけふだん通りにしていただきたいんです」

野尻もいった。

奇妙だった。まるでふたりは葛原を密告者にしたてようとしているかに見える。だが殺人容疑は、密告とひきかえにするには重すぎる。

「ここで話せばいいだろう」

ふたりの顔を見比べて葛原はいった。

「そいつはまずいな。いろいろと差し障りがあるんでね。場所はかえたい。明日、こちらが連絡するところにきてもらいたい」

「まっすぐ俺がでかけていくと？」

野尻は頷いた。

「ええ。あなたには仲間がいる。その仲間全部を私たちが知っているとはいいませんが、あなたがこなければ、私たちはあなたの仲間を知る限りの範囲でひっぱります」

「何の容疑で」

「適当につけるさ」

望月は吐きだした。

「お前さんを隠匿した容疑でもいい」

「立件できると思っているのか」

「叩けばでるホコリもある」

葛原はじっと望月を見つめた。ベテランの刑事なのだろうが、それにしては口のきき方が荒っぽすぎる。もちろん、こういう口をきくこともあるだろう。取調室などで必要になれば、だ。

今はちがう。この男たちは葛原を混乱させ、何かから目をそらさせようとしている。

「あんたたちの根っこはどこだ？」

「くればわかります。逃げないように。あなたは十一年間、逃げた。今度も逃げられると思うかもしれないが、それはまちがいです。今度は逃げられない。十一年前とちがって、我々は今のあなたについて、かなりの情報をもっている。飛んでも時間の問題です。しかも飛べば、必ずあなたが損をする。それでもどうしても飛びたいというのなら、明日の話しあいのあと、飛ぶことです。話しあいが終わるまでは、令状の執行を、我々は待つ用意がある」

「だからこそ、手帳も見せなけりゃ、名刺もださないんだよ」

望月がいった。葛原はいった。

「あんたは本当はもっといい刑事さんなのじゃないか。悪役がどうも板についてない」

望月は怒った。

「なめるんじゃねえぞ。てめえなんかいつでも手錠《わっぱ》叩っこんでひったてられるんだからな」

「それは本当です」

野尻も身をのりだしていった。葛原が答えないでいると、ふたりは目を合わせ立ちあがった。

「明日の朝、電話をします。わかっていると思いますが、ここは張っています。飛ぶのは無駄ですから」

野尻は葛原を見おろしていった。

「お邪魔しましたね」

望月がいい、ふたりはでていった。

ドアが閉まり、カチリという音をたてても葛原はその場にすわりこんだきり、動かなかった。

何が起こったのだ。

いや、起こったことよりも、起こりつつあることに今は注意を払うべきだ。

葛原は煙草に火をつけた。深々と煙を吸いこむ。めまぐるしく頭を回転させながらも、煙草の煙を規則正しく、吸い、吐きだしていた。

煙草が短くなると灰皿に押しつけた。深呼吸し、サイドテーブルの電話機に手をのばした。電話機には「オートダイヤル」と記されたボタンが五つある。わざわざ番号を押さなくても、そのボタンを押すだけで、あらかじめ教えこんだ番号につながる仕組だ。

教えこんだ番号はひとつだけだった。「オートダイヤルの1」を押した。

信号音が受話器の中で鳴り、呼びだし音にかわった。留守番電話が合成音で応えた。

「ただ今でかけております。メッセージをお伝えください」

ピイッという音のあと、葛原は告げた。

「でかけているなら仕方がない。俺もでかける。今度飲みにいこう」

受話器をおろした。ソファに背を預け、新たな煙草をとりだすと火をつけた。

「オートダイヤルの1」がつないだのは、あるアパートにおかれている電話機だった。その電話機は常に留守番電話になっている。ただし、メッセージが録音されると、自動的にポケットベルを鳴らす仕組なのだった。ポケットベルをもつ人間は、外から別の電話を使って、暗証番号で録音されたメッセージを聞く。

「俺もでかける」は、葛原に警察の接触があったことを伝えるメッセージだった。そして「今度飲みにいこう」は、改めて連絡があるまでは、チームのメンバーの接触を断て、という意味だ。

ポケットベルをもっているのは、米島《まいじま》だった。米島は模型店を兼ねた東麻布の自宅をでることがほとんどない。確実に葛原のメッセージは伝わる筈だ。米島から他のメンバーに連絡がいく。

できることは、もうこれ以上ない。葛原をのぞくメンバーはすべて、家族や従業員を抱えている。よほどのことがない限り、「旅行にいこう」というメッセージを葛原が伝えることはない。「旅行にいこう」とは、ただちに身を隠せ、という意味だ。この場合、相手は警察ではなく、メンバーの命を狙うかもしれない連中だ。

いまだかつて、チームのメンバーがつけ狙われたことは一度もない。たとえば今朝の兵藤組にしても、今日の明日にでもどこかででくわせば別だが、一週間もたてば、葛原や北見の顔を忘れるだろう。かりに忘れなくても、狙われるのは葛原と北見止まりである。米島や美鈴にまで累が及ぶ心配はない。

また葛原や北見が、どこかでつかまってさらわれるようなことになっても、それに対する手は、別で打てる。〝保険〟なしで、やくざを相手にするほど、葛原は愚かではなかった。

4

翌朝の九時きっかりに電話が鳴った。野尻からだった。

「新橋六丁目に『桜友会館《おうゆう》』という建物があります。そこの一階ロビーにきて下さい。桜友というのは、桜の友と書きます」

「わかった」

六時に起き、葛原はさまざまな準備を整えていた。今すぐ飛ぶこともできる。だがそうした場合、北見や美鈴、米島などに迷惑を及ぼす。彼らの法的な責任は、チームリーダーで主犯ともいえる自分がいなくなれば、それほど厳しく追及されることもないだろう。警察も検察も、チームの〝プロ〟としての活動を実証するのは難しい筈だ。だが、捜査の対象となれば、北見には母親、美鈴や米島には店がある。そちらに及ぼす影響は小さくない。

高飛びを仕事にする〝逃がし屋〟が、高飛びできずに、警察のいうままに動くのは、なんとも皮肉な話だった。葛原が、北見ら仲間を見捨てられる人間なら、躊躇はしない。

葛原はチームを誇りに思っていた。ひとりひとりは、決して目立つ人間ではなく、世間の考えるような「犯罪者」では、まるでない。どこにでもいる、ふつうの若者であったり、太りすぎた美容院のママであったり、足の悪い鉄道おたくに過ぎない。しかしそのひとりひとりが、ふつうの人間にはない傑出した能力をもっていて、それをチームとして併せたとき、プロとしての最高の仕事が生まれるのだ。

チームの〝客〟をツナギから紹介され、受けるかどうかを決定するのは葛原の判断だった。

葛原のチームの料金は高い。しかし必ず、客は逃がす。過去、失敗したことは一度もない。同じような仕事をする者は、この国にも何人もいる。だがたいていは計画がずさんであったり、途中で客の全財産をむしりとろうとする雲助であったりする。〝逃がし屋〟のプロとして、誇りをもって仕事をしている者はわずかしかいない。葛原のチームは、関東ではまちがいなくトップだ。関西には多くのチームがあるが、葛原のチームと並ぶのはごくわずかだ。その連中もまた、仕事が確実であると同時に報酬が高いことで知られている。

葛原が〝逃がし屋〟の仕事を始めたのは五年前だった。初めは、自分自身の高飛びのための情報収集がきっかけだった。久保洋輔は葛原を憎みぬいている。どんなことがあっても、葛原に殺人の主犯容疑を背負わせるつもりだと知ったからだった。

集めた情報に、葛原は自分なりのアイデアを盛りこんだ。高飛びを考える者の多くは、とりあえずの脱出しか希望しないことが多い。もちろんそれはせっぱつまっていて、生きのびることに夢中で、将来に考えが及ばないせいである。

だが、香港や台湾、フィリピン、あるいは欧米などに脱出したとしても、そこに骨を埋める覚悟がなければ、高飛びは一瞬の成果でしかない。孤独に耐えかねたり、生活資金が底をつき、日本に舞い戻れば、友人や縁者を頼り、結局、追っ手につかまることになる。

追っ手というのは警察だけではない。きのうの初井もそうだが、〝逃がし屋〟に莫大な報酬を払ってまで国外逃亡をしようとする人間は、たいてい生命の危険にもさらされている。日本にいる限り、警察につかまって命を長らえるか、殺されるかの、ふたつにひとつなのだ。どちらも選べない人間が葛原らの〝客〟になる。

葛原は、旅芸人だった両親のあいだに生まれた。ドサ回りの芝居小屋が葛原の家だった。葛原が十六のときに一座の花形だった母親が若い役者と駆け落ちし、一座は潰れた。酒びたりだった父親のもとを逃げだした母親に、葛原はさほどの怒りを感じなかった。

アル中になった父親の治療費を稼ぐため、葛原は運送店に住みこみで勤めた。十九のときに父親が亡くなった。次の勤め先は自衛隊だった。二十五で自衛隊を除隊し、いくつかの小さな仕事を経て旅行代理店に入った。添乗員として四年間、世界各地を回った。そして二十九で、同僚だった久保とともに独立し、自分たちの旅行代理店を作ったのだ。

二年後にあの事件が起きた。葛原には、逃亡している、という意識がしばらくのあいだなかった。事件は久保のものであって、葛原のものではない。だがさまざまな状況は、葛原に不利だった。

葛原は、警察も検察も信用していなかった。葛原の育った環境では、いかなるトラブルも公的機関の助けなく、自分で処理するのがあたり前だった。警察が葛原の人生において味方になってくれたことは一度もない。ほんの小さなときから、警官は、芝居小屋にきては、難癖をつけ嫌がらせをして、立ちのかせようとした。働き始めてからも警察は敵であることが多かった。

自衛隊にいたときですら、それはかわらなかった。学校には満足に通えなかったが、外国語も含めたさまざまな知識を葛原は社会から得た。葛原にとって、社会が学校だった。貪欲に学び、吸収した。動きつづけ、生きのびることは、葛原にとって生まれてからの生活そのものだった。だから葛原は、この十一年間を生きぬくことができた。同時に、葛原自身が、事件に対して良心の呵責に苦しむことはなかった。自分が殺人犯でないことを葛原は確信している。

ならばなぜ逃げつづけたのか。

事件が罠だったからだ。久保は、葛原を犯人にするために、あの事件を起こしたのだ。

「桜友会館」は簡単に見つけだせた。結婚式場や会議室、そして小規模な宿泊施設のある、七階建てのビルだった。茶色い地味な建物で、似たようなビルにはさまれている。

ロビーのガラス扉をくぐる前から、葛原はこの建物の正体を嗅ぎとっていた。「桜友会館」は、警察官や警察OBのために建てられたのだ。地方から上京する警官やその家族らがここに泊まったり、結婚式やパーティを開く。しかし一般の人々は、外からではそれと気づかないだろう。

ロビーの一角が喫茶室になっていた。そこに野尻がひとりでいた。今日はダークグレイのスーツを着ている。

「どうも」

野尻は頭を下げた。

「ご苦労さまです。上に部屋がとってあります。そっちへいきましょう」

葛原もまたネクタイをしめていた。これからの話しあいがどのような結果になるかはわからないが、逃亡を決意したとき、新橋という土地柄ではスーツ姿の方が目立たないからだ。

葛原は野尻とともにエレベータに乗りこんだ。

「警視庁の新橋庁舎は、このすぐそばだったな」

「ええ。歩いて一分かそこらです」

葛原はいった。

野尻は頷いた。

「ここで飯を食うこともあるわけだ」

だが野尻は首をふった。

「本庁の連中はめったにここにはきませんね。結婚式にだって使いたがらない。若い連中には、ださいんでしょう」

エレベータは四階で止まった。踏みだす一瞬、葛原は躊躇を覚えた。これから向かう部屋で逮捕令状が執行されないという理由はない。

葛原は今まで「殺人犯」を高飛びさせてやったことは一度もない。理由は簡単で、殺人犯には、葛原らに払うだけの金をもたない者が多いからだ。たいていの殺人犯は、一千万の現金すら、もっていない。

自分の高飛びをチームに任せれば、最初で最後の、「殺人犯」の客となるだろう。

部屋は廊下のつきあたりだった。廊下は、そっけない臙脂色をしたカーペットがしきつめてある。

野尻がドアをノックした。ドアを内側から開けたのは望月だった。こげ茶のスーツを着ている。

ツインベッドの部屋に、もうひとり別の男がいた。髪をきっちりとした七・三に分け、ダークブルーのスーツを着ている。色白で黒ぶちの眼鏡をかけていた。年齢の見当のつきにくい顔をしている。三十代の半ばから四十代の後半までなら、どれにもあてはまりそうだった。

その男は、小さなライティングテーブルの前の椅子にかけていた。

「ご苦労さんだな」

望月はいい、葛原の肩をつかんだ。

「ドアの方を向け」

野尻が閉めたばかりのドアに葛原の体を押しやった。

「何の真似だ」

「いいから。簡単な身体検査だ」

望月の手が素早く葛原のスーツの内側を探った。

「何ももっちゃいない」

財布には興味を示さず、望月はスラックスにも手をのばし、いった。

「靴をぬげ」

「何だと？」

「いいからぬげよ。すぐ返す」

葛原はライティングテーブルの前にすわった男を見た。男は葛原が部屋に足を踏み入れて以来、ひと言も口をきかなかった。

葛原は靴をぬいだ。しゃがんで手にとった望月は裏返し、踵の部分に触れた。外れないかを確かめた。

凶器ではなく、無線機やテープレコーダーの類を警戒しているのだ――葛原は悟った。

「いい革だな」

爪先を押し、望月はいった。そして葛原に靴を返し、男に頷いてみせた。

男は葛原を見つめた。

「ご協力を感謝します」

「あんたの名前を聞かせてくれ」

「河内山《こうちやま》といいます。警察庁警備局におります。現在は出向中ですが」

男が名前だけでなく所属まで口にしたことに葛原は驚きを感じた。

「あんたがこのふたりを私のところによこした根っこというわけか」

河内山は表情をかえずにいった。

「今回の件の責任者です」

葛原は無言で立っている望月と野尻を見やった。

「警察庁と警視庁はちがうのじゃなかったのかな」

「私の仕事というのは事務屋でしてね。このおふたりのようなプロの刑事さんたちの仕事がやりやすくなるよう、いろいろな事務を片づけるわけです」

「なるほど。このおふたりの所属を、じゃあ聞かしてくれ」

「あまり大きい口を叩くなよ」

じんわりとさとすように望月がいった。葛原は望月を見返した。

「大きな口をきけるのは今だけだと思うんでね」

「ふたりの所属については勘弁していただきます。彼らは、いわば私の〝特命〟という格好で動いているんです。今ここにいることは、彼らの直属の上司でも知りません」

河内山がいった。

「なるほど」

葛原は河内山を見やった。

「すわりませんか。少し長い話になります」

河内山はカバーのかけられたベッドを示した。葛原はその言葉に従うことにした。野尻が隣のベッドに腰かけた。望月は、ドアのかたわらに残り、ドアに背を向けるようにして立った。

河内山は足もとに手をのばした。黒革の分厚い鞄をとりあげた。中から、薄い水色の厚紙でできた書類ホルダーを数冊ひきだし、ライティングテーブルの上に置いた。

表紙には何も書かれていない。

「あらためて申しあげるまでもないと思いますが、私たちは葛原さんのお仕事についていろいろと調べさせていただきました。たいへんおもしろいお仕事ですな。いってみれば、警察の〝商売仇〟といったところですか」

「何も認める気はないね」

「けっこうです。私が興味を惹かれたのは、葛原さんの仕事には失敗がない、という点です。当然といえば、当然です。一度でも失敗があれば、葛原さんとお仲間は同じお仕事をつづけていくのが難しくなる。どのような手段、ルートを使っていらっしゃるかは、実は私たちも想像に頼るしかないわけですが、失敗をすれば二度とその方法は使えない。したがって、私たちは葛原さんたちの仕事について、具体的には何も知らない」

本当だろうか。河内山は、さっきから手もちのカードを次々と開いているように見える。そして隠し札のないことを葛原に納得させようとしているかのようだ。

河内山の言葉が事実なら、警察はまだチームに対して、内偵をおこなっていないか、していたとしてもさほど有力な証拠をつかんでいない、ということになる。

「葛原さんのような仕事をしている人間は、他に皆無ではない。同じように、グループでやっている者もいれば、単独でやっている者もいる、また広域暴力団にも、そうした仕事の専門家がいると聞いています。ただし、一流の仕事をする者はそういない。私たちはある理由があって、この仕事がいったいどういうものなのかを調べました。一流の仕事と、そうでない仕事のちがいは何か、などを」

「何がわかったというんだ」

「一流の仕事には、何も残らない」

葛原は無言だった。

河内山は言葉の感触をためすように葛原の顔を見つめていたが、いった。

「プロというのは、そういうものなんでしょうな。ある人間がいる。警察にも追われ、別の連中にも追われている。その人間の痕跡は、ある段階まではっきりとわかっている。十日前までは家にいた。会社にもでてきて仕事をしていた。ところが、九日前の朝、仕事にいくといって、いつも通りの時間に家をでていき、それきりぷっつりと足どりが途絶える。いったいどこに消えたのか。友人、知人、親戚、誰にもわからない。誰もその行方を知らない。どれほど手を尽しても、いどころを捜しだすことができない。終《しま》いには、この国にいるかどうかすら、怪しくなってくる。しかし、国外にいったとするなら、どうやったのか。空港はもちろん、主だった鉄道の駅や幹線道路はすべて見はられていた。そんな中をかいくぐって、いったいどのように外国へ脱出したのか。皆目見当がつかないわけです。しかもそれは時間がたっても同じだ。ふつうは、そのときは気づかなくてもあとになって、『ひょっとしたらあのときのあれがそうだったのではないかな』と思いあたるものがあってもおかしくない。ところがそれが何もない。本当に何も残らないのです。蒸発、というまさしく蒸発したかのように消えてしまう。それがたったひとりのことなら、偶然、という言葉もあてはまるでしょう。しかしひとりではない。大金をもち、追われている人間が、何人もそうして蒸発に成功している。これはプロがいる、誰でもそう思います。

そしてあるとき、そう、葛原さんほど一流の仕事をするわけではないが、同じようなことを商売にしている者が失敗して、警察につかまる。当然、厳しい取調を受けます。『他にもそういう連中はいるのか。いるのなら白状しろ』ということです。つかまってしまうくらいの、お粗末な輩ですから、係官に絞られれば口をすべらすときもある。もちろん、具体的に名前とか所在をつかんでいるわけではない。しかし、同業ということでなにがしかの話はもっている。そうして、警察も、葛原さんのような一流の〝商売仇〟がいることを知るのです」

「何も残らなければ、何ができる」

河内山は微笑んだ。苦笑ともとれる笑みだった。

「その通りです。ドラマなどでよくあるじゃないですか。犯人が名探偵に追い詰められて、『証拠がどこにあるんだ?』とうそぶく。あれは矛盾していると思いませんか。本当に証拠が何もなければ、犯人がわかる筈がない。証拠があるから、名探偵も『あなたが犯人だ』といっているのですから。いわれた時点で、犯人は決して勝てない」

「ドラマと裁判はちがう」

「そう。刑事ドラマなどはそれを忘れている。立件はできても、有罪になるかどうかはまるで別です。へたをすれば、立件すらできず、検事さんに『こんないい加減な捜査では駄目だ』とつっ返されるんですから」

「あんたの話は、わざと遠まわりしているようだな。それとも今以上、私につっこんだことは何もいえないのか」

「ではもうひとつの裁判の話をしましょうか。十一年前に起きた殺人事件の裁判です。被害者は、久保悦子《えつこ》、当時二十七歳でした。保険金めあての殺害と見られ、夫の久保洋輔と、久保の共同事業者国枝護が共謀して殺害をおこなったと検察、警察は判断した」

河内山が書類ホルダーの一冊をとりあげた。目が厳しくなった。

「久保は逮捕されて犯行を自供した。しかし一審の途中で、自分は国枝に、半ばおどされて妻の殺害に加担させられたと、いいぶんを変更した。そして殺人の主犯は国枝であると主張し始めた。検察、警察は当初、共犯容疑で国枝を追っていたが、一審の判決を不服とした久保が高等裁判所に控訴し、その段階で国枝がつかまらない限り、久保の主犯実証は難しいと考えるようになった。もし国枝をつかまえれば、両者はまっ向から裁判でぶつかることになるでしょう。そのときに初めて、どちらが主犯なのか明らかになるわけです」

河内山はそこでいったん言葉を切った。そして葛原を見つめた。

「詳しい、事件と裁判の記録を読みました。不思議なことがあります。国枝さん、なぜあなたは事件の直後、警察に出頭しなかったのです。あなたが行方をくらましたため、警察も初動捜査の判断をあやまり、結果、どちらが主犯であるかを確認する証拠の多くが失われた。なぜです?」

葛原は黙っていた。

河内山はいった。

「ここは取調室ではありません。また、私も、ここにいる野尻、望月の両名も、久保悦子殺害の捜査に加わっているわけではない。あなたがここで何を喋っても、法的な証拠としての有効性が高いとはとてもいえない。大丈夫ですよ。何を喋っても、あなたには不利にはならない」

「――何も喋りたくないんだ」

葛原はいった。河内山は小さく首をふった。

「そういわれるだろうと、実は思っていたんです。けっこうです。あなたにここにきていただいたのは、このことをお話しするためだけではありませんから」

河内山は手にしていた書類ホルダーをライティングテーブルに戻した。

「喉が渇きませんか。コーヒーのルームサービスでもとりましょう」

「けっこうだ」

しかし河内山は電話の受話器をとりあげた。ルームサービスにコーヒーを頼んだ。

受話器を戻すと、上着からパーラメントの箱をとりだした。一本抜き、爪先でフィルターの部分を軽く弾き、口にくわえた。

「吸いますか？」

「いらない」

河内山は火をつけた。深々と煙を吸いこんだ。

「喫煙者は、今や社会の害虫扱いだ。アメリカではそのうち本当に、かつての禁酒法のような禁煙法ができるかもしれません。そうなれば、犯罪組織には大きな資金源が提供されることになる。葛原さん、煙草は吸わないのですか？」

「吸うときもある」

「そうですか。禁酒法は、当時のギャングたちにとって大きな資金源を生みだした。同時に、その後ずっとつづくことになる、警察の腐敗という問題も生じさせた。例の、『アンタッチャブル』の世界です。ギャングに買収された警官があとを絶たず、密造酒の摘発がまったく効果をあげないので、業を煮やした司法当局が、『アンタッチャブル』を作ったのです」

「映画は見た」

葛原の言葉に河内山は頷いた。

「私はエリオット・ネスの自伝や、その他の『アンタッチャブル』のメンバーの回顧録も読みました。それによると、実は、『アンタッチャブル』の中にも買収されていた警官がいたようです。ただ、禁酒法の弊害がどこにあったのか、大きな点を皆、見落としていますね」

ドアにノックの音がひびいた。望月がドアを開け、ウェイトレスから、コーヒーポットとカップののった盆を受けとった。ウェイトレスは室内に入らなかった。

野尻が立ちあがり、ポットのコーヒーをカップに注いだ。河内山がひとつを手にとり、

「大丈夫です。指紋をとろうなんて、姑息なことは考えていません。とるのなら、深川のお住居からとっくに採取している」

と告げた。

葛原は野尻がさしだしたカップをうけとった。ここでは指紋をとられない自信がある。米島が以前もってきた、特殊な接着剤があった。指先に塗り、乾燥すると、皮膚の表面の細かな皺を埋めてしまう。

「砂糖とミルクは?」

野尻の問いに葛原は首をふった。

「けっこうだ」

河内山が口を開いた。

「話をつづけます。禁酒法の弊害のことです。それは、警察官の腐敗を生みだしたことにありました。理由は簡単でした。警官の誰もが、禁酒法をまちがっている、と思っていたからです。だからそれを守ること、守らせることのナンセンスを感じていた。それが結果、ギャングから金をうけとることに対し、抵抗を奪う理由になったのです。警察官本人が無

意味だと思うような法を作ってしまった側の責任といってもいいでしょう。人殺しや強盗なら決して見過さないような警官たちが、自分がそれを悪と感じていないがために、ギャングたちの行為を見過すことになった。たとえ法律がどうあろうと、警官がそれを認めなければ、法の執行などできない、というわけです。そしてこの悪法は、それから現代に至るまで、アメリカの警察組織に禍根を残した。犯罪者から金をうけとる、という行為のおおいなる前例を作ってしまったからです。禁酒法がなければ、現代のアメリカの警察もこれほど腐敗が広まることはなかったでしょう。禁煙法は、また同じあやまちをくりかえさないためにも、通るべきでない、と私は思いますね。

もちろん、私自身が喫煙者であるせいもありますが」

河内山は言葉を切り、コーヒーをすすった。しばらく誰も口をきかなかった。河内山はカップが空になるまでコーヒーを飲み、皿に戻すと、口を開いた。

「さて、これから本題です。今から話すことは、この国でも、ごくわずかな人間しか知らない事実に関係しています。そしてその問題には葛原さんのような専門家の意見がとても貴重なのです」

「そんな重要な話なら、別に聞かせてくれなくてもけっこうだ」

「そういうのはやめましょう。私はあえて、こちらの手の内をあかしています。それは葛原さんにぜひともこの話を聞いていただきたいからです」

葛原は大きく息を吸いこんだ。煙草が吸いたかった。もっているが、まだ吸うべきかどうかの判断はできない。

「あなたのライバルの話です」

河内山がいった。

葛原は河内山を見つめた。

「ある人物がこの国にいます。この国の人間ではありません。外国人ということです。しかし、仮に彼と呼ぶとして、彼がこの国に入国したという正式な記録はありません。つまり密入国者です。彼は、自国の政権体制の中で、今、非常に微妙なポジションにいる人物です。本来なら、外国、それも日本のような国に足を踏み入れるようなことは考えられない立場にいます。このことが明らかになれば、彼の母国には大きな衝撃となるでしょうし、それ以前に彼の生命も危い。彼にはある目的があったようです。なぜなら目的もなしに、日本に密入国することは考えられないからです。しかしその目的が何であるか、我々は知りません」

「まわりくどい話だな」

葛原はいった。河内山は頷いた。

「まわりくどい話です。しかしこれが国際政治の舞台にあがると、もっとまわりくどくなる。さまざまな駆け引きがおこなわれ、人間がどこにいた、何をした、誰と会った——すべてが押したり引いたりする材料となるからです。しかも一見、押せるものが、引く材料であったり、その逆であったりします。ただ、その舞台の上で、いちばん重要なのが、情報です。情報をもっていること。情報の内容を相手に伝える、伝えない、それ自体が駆け引きの材料になります。情報なら何でも欲しいということです。もちろん、それが真実なら」

「私の仕事はスパイじゃない。そんな人間とかかわったこともない」

「かかわっていないかどうかはわかりませんよ。スパイというのは、自分でもそうと知らないうちに立派にスパイの仕事をさせられていることがある」

葛原は黙った。

「さて、彼の話に戻ります。彼が我が国にいる、ということは、近い将来のうちにひょっとしたら非常に大きなできごとが、彼の国、そして世界全体にとって、起こりうる可能性を示唆しています。つまり、これ自体がすでに大きな情報というわけです」

葛原は河内山を見つめた。河内山は今、自分の専門分野の話をしている、と思った。

警察庁警備局に所属し、出向中の身だと河内山は自分のことをつげた。その出向先がどこであるか、葛原はわかったような気がした。政府の外交方針を決定するためのさまざまな材料となる情報を収集する機関だ。

「しかしもっと大きな情報は、彼がこの国で何をしたか、です。あるいはしているか、かもしれない。それを我々は知りたいと願っています」

「つかまえればいいだろう。密入国は犯罪だ」

葛原はいった。

「もちろんです、つかまえられるなら我々もそうしたい。ただしつかまえたあと、どうするかも非常に微妙で重要な問題になりますが。つかまえた、という事実を公表すれば、彼がこの国でしたことがすべて無に帰すかもしれない。そしてそれは長い目で見た場合、我が国の将来にとって大きなマイナスとなる可能性もある。世界中の国々から、大マヌケと日本の外交を批判されるかもしれないのです。といって、あたり前のことですが、知らないふりは論外です」

河内山は新たな煙草を抜きだした。再び爪でフィルターを弾く。葛原がその仕草を見つめていると、小さく笑った。

「癖でしてね。このパーラメントという煙草は、フィルターの内側が凹んでいるんです。だからときどき葉っぱのカスが中に入っていることがある。知らずにくわえると、葉っぱも口に入ってきてしまうんですよ」

火をつけ、首をひねった。窓にはカーテンがおろされている。この部屋に入ってからずいぶん時間がたっているような気が、葛原はした。カーテンの外は暗くなっているような、そんな気すらする。

もちろんその筈はなかった。

「――我々は、彼をつかまえ、彼の口から、この国で何をしたのか、そして今後何をするつもりであったのかを聞きたいのです。当然、真実の言葉が返ってくるかどうかはわかりませんが、何であるかを知らなければ、真偽の判断はつかない。その判断を下した上で、彼の身をどうするかも考えたいのです」

「どうする、とは？」

「彼がこの国にいるのは、政治亡命のためでない、というのはだいたいわかっています。ということは、彼はこれから本国に戻るわけです。たぶんこっそりとこの国にやってきたのと同じように、こっそりと母国にも戻るつもりでしょう。ですからそのようにさせればよいわけです」

「なるほどね」

「問題は彼のつかまえ方です。時間はもう、それほどないでしょう。我々が入手した情報では、五日後には、彼は本国に戻っていなければならない。その国の体制にとってはひどく重要な催しがあるのです。彼が今後も本国で生きていくためには、出席する、という意思表示は絶対に必要なのです。そうでなければ危険分子とみなされる可能性もあります」

「危険分子とみなされたらどうなるんだ」

「さあ。わかりません。投獄されるか、あるいはそこまでいかなくても軟禁されるか。最悪の場合は、密殺されるでしょう。そうした予断を許さない体制なのです」

「亡命しても不思議はないのじゃないか。それなら」

河内山の話が、いったいどの国のことなのか、葛原は想像がつくような気がした。

「もちろん。しかしそうなれば大混乱は必至です。同時に体制は締めつけを強化するでしょうし、大規模な粛清がおこなわれるかもしれません。彼の友人や肉親がその対象となりかねないのです。しかも、結果、その国は国際社会の矢面に立たされ、孤立化を余儀なくされます。そうなることを、今はどの国も望んでいません」

葛原は目を上げた。

「つまり本人が亡命を希望しても、うけいれる国がない、ということか」

河内山を見つめた。河内山は目を伏せた。

「そういうことかもしれません」

「結局、どこにいても個人の自由などない、ということだな」

「彼の現在の立場では。話を戻します。五日後までに彼が本国に戻るとしたら、我々はその間に彼をつかまえ、事情を聴取したいのです。しかし先にいったように、つかまえようとすることを公けにはできないのです。公けにすれば、当然、彼がこの国にいることが明らかになってしまう。そうなればすべてが、無に帰します」

「公開指名手配というわけにはいかない、というわけか」

葛原は望月の方を見やっていった。刑事はまるで話を聞いていないかのような表情で立っていた。

「当然です。ごくわずかな数の刑事であっても、知らせることはたいへんな危険が伴います」

「じゃあここにいるあんたたちだけで捜せばいい。三人いるんだ。目をこらせば、それだけの重要人物なら見つかるだろう」

河内山は首をふった。

「確かに私は別にして、ここにいるふたりは、たいへん優秀な警官です。しかし彼らふたりではとても不可能だ。いや、その十倍、彼らがいても不可能です。百倍でも無理でしょう」

そして葛原を見つめた。

「成滝《なるたき》という名前を聞いたことはありませんか。成滝恭一《きょういち》です」

葛原は無言のまま、ゆっくりと息を吸いこんだ。知っていた。そして、初めに河内山が〝ライバル〟という言葉を口にした理由も悟った。

「成滝がついているのか」

もはやとぼけても意味がなかった。

「そうです。その人物の我が国内部における行動は、成滝がコントロールしています」

成滝は、大阪が本拠地だといわれていた。一匹狼だが、腕のいいドライバーや整形美容医、パイロットなどを仲間にもっていて、依頼の内容に応じ、契約してその腕を買う、と聞いたことがある。

「あなたと同じ仕事をしている。そうですね」

葛原はそれには答えなかった。関東のトップが葛原なら、成滝はまちがいなく関西のトップだろう。〝逃がし屋〟として、一流中の一流だ。

葛原が無言でいることに対しても、河内山は平然としていた。

「成滝がついている限り、わずか四日やそこらで、彼をつかまえるのは、情報公開を限られた状態では不可能です。たとえ公開したとしても、果して可能かどうか。あなたの〝客〟と同じように、成滝の〝客〟もまた、これまで一度も、その痕跡を残すことなく、蒸発に成功しているからです。いったいどんな手段、方法を使っているのか、警察はまるで情報を手に入れられない」

「なぜ成滝がついているとわかったんだ」

「成滝については、その仕事の種類に関して、警察も知っていました。ちょうどあなたについて、私たちが知ったのと同じように。口の軽い同業者が喋った、ということです。二日前、大阪で殺人事件がありました。殺されたのは、成滝がときどき使い走りにつかっていた少年でした。少年の死体には拷問の跡がありました。明らかに誰かが、成滝の仕事に関する情報をひきだそうとしたのです。その拷問の方法は、ちょっとかわっていました。死体にもはっきりと痕跡が残っていました。検屍した医師はベテランで、今から二十数年前にも、同じような拷問の跡があった死体を検屍したことを覚えていたのです。その二十数年前の死体というのは、あの国から密入国したと思われる工作員のものでした。その仲間割れをおこしたらしく、拷問され、殺されたのです。犯人はつかまっていません。拷問の方法について知りたいですか」

「知りたくないね」

「けっこうです。つまり、問題の人物は、自国の工作員にも追われている、ということです。たぶん本当に我が国にきているのかどうかを確認し、その理由をつきとめるよう、工作員たちは命じられているのだと思います」

「つきとめるだけか」

葛原はいった。河内山はわずかに目をそらせた。

「もちろん彼らは調査以外の仕事もするでしょう。しかし外国で処分するには、彼は大物すぎます。工作員たちが彼の身柄を確保すれば、彼は本国に連行されさらに厳しい取調を受けることになると思いますね」

「もう捕まっているかもしれない」

「あるいはね」

河内山は頷いた。

「どこかに監禁され、本国からの指示を待つ工作員の監視下におかれているかもしれない。ただしその場合でも、彼はまだ生きている」

「だから？」

河内山は葛原の問いに首をふった。

「どうするのか、それは私ひとりでは決められません。放っておくのか、全員を逮捕するのかは、もっと上の方の人たちが頭を悩ませるべきことです。私がしなければならないのは、まず、彼がどこにいるのかをつきとめることです」

葛原を見つめた。

「葛原さん、あなたにやっていただきたい。必要ならあなたのグループを使って」

葛原は首をふった。

「無理だな。成滝は一流だ。奴がついているとなったら誰も見つけることはできない」

「あなたならできる」

「河内山さん、それはちがう」

いって、葛原は河内山の顔を見、さらにかたわらにいる野尻と、ドアの前に立つ望月を見た。二人の刑事の顔には何の表情も浮かんではいなかった。

「人には人のやり方がある。俺が、あんたの考えているような人間だとして、俺と成滝のやり方はまるでちがう。いや、ちがうかどうかすらわからない、といった方がいいくらいだ。現在、成滝がどんな方法でその人物を動かしているのか、ぱっと考えれば何通りもの手段が俺には思い浮かぶ。そのどれなのか、俺にはわからないし、あるいはまったく別の手段かもしれない。ひとつひとつの手段をあたっていくには、五日間という時間は短すぎる。人間は荷物とはちがう。宅配便のように、今日受けとって明日送りだし、明後日には着くというわけにはいかないんだ。成滝はおそらく、ひと月、長ければ、ふた月み月以上も前から準備をしていたにちがいない。五日でそれをつきとめるのは不可能だ」

河内山の顔に落胆の表情は浮かばなかった。

「ではなぜ、成滝の手下だった少年が殺されたのでしょう」

「裏切り者がいたんだ。情報が洩れているんだ」

葛原はいった。河内山は頷いた。

「私もそう思います。つまり成滝の仕事も完全ではない、ということです」

「相手が拷問を使う外国の工作員という仕事などめったにない」

「暴力団だって、ときには拷問をするでしょう」

その通りだ。だからこそ葛原がもっとも恐れるのは、チームの誰かが、〝客〟の追っ手に捕まることだ。もしそんな事態になったら、〝客〟を売ってでも、自分の命を助けろ、とチームには告げている。どれほどの金を積まれても、命にはかえられない。

「幸いなことに、そういう連中とかかわったことがないのでね」

「あなたが一流だからです。あなた方が、というべきですか」

葛原は答えなかった。

河内山は空になっていたカップに、ポットから残っていたコーヒーを注いだ。

「葛原さん、あなたのいっていることがたぶん本当なのでしょう。あなたの協力を仰いでも、我々は彼を見つけることができないかもしれない。しかし我々は、何もしないでいるというわけにはいかない。同時に、あなたも、失敗する可能性が高くても、我々に協力するべきだと思いますが」

「しなければ逮捕する、か」

「今日、この場で、ではありません。なぜなら、あなたには仲間がいる。もしあなたがこの仕事をやってくださるなら、仲間の協力も必要になる。その人たちを説得する時間も当然必要になる」

「誰も巻きこむつもりはない」

「葛原さん、彼らは巻きこまれている。なぜなら、彼らは全員、日本の法律に照らせば、犯罪者なのです」

葛原は奥歯をかみしめた。

「たいした罪じゃない」

「そうでしょう。あなた方のこれまでの仕事をすべて立件するのは不可能です。あなたは別として、あなたの仲間――」

河内山は初めて水色の書類ホルダーを開いた。

「たとえば、北見春彦《きたみはるひこ》、康美鈴《こうびれい》、米島哲哉《まいじまてつや》などは、不起訴、あるいは起訴され有罪となっても猶予刑の判決が下る可能性は充分にあります。ただし、です」

鋭い目になって葛原を見た。

「あなた方のしてきた仕事は、マスコミの格好の話題になるでしょう。テレビや週刊誌などに追いかけ回されるのはまちがいない。そして、もっと困ったことが起きる」

葛原は内心の動揺を悟られまいと、こらえていた。北見や美鈴ならともかく、米島の存在まで河内山がつかんでいた事実は大きな衝撃だった。そして、河内山がいわんとしていることも予測ができた。それは最悪のシナリオだった。

「あなた方が逃がした〝客〟は、今でも追われている。警察だけではなく、他の連中にも。彼らは、警察ほど証拠にはこだわらない。大阪の少年に起こったのと同じできごとが、あなたの仲間の誰にも起こりうるようになるわけです」

葛原はゆっくりと上着に手をのばした。一瞬、野尻が警戒したのか身じろぎした。が、凶器を発見しなかったことを思いだしたのか、動きを止めた。

葛原は煙草をとりだし、火をつけた。

「俺に決められることじゃない」

「そうですね」

葛原は深々と吸いこんだ煙を吐きだした。めまいと、かすかだが吐き気もした。

河内山は満足したような顔をしていた。わずかに身をのりだし、コーヒーをすすった。

「協力をしていただける場合、もちろん、あなた方が本気で、という意味ですが、我々のしうる謝礼についてお話しします」

「謝礼」

葛原は唇を歪めた。笑ってやりたかったが、気分が苦すぎた。

「まず、葛原さんご本人に関してですが、国枝護が葛原と同一人物と考えうる、という調査資料をすべて破棄します。といって、国枝護は現在手配中の身ですが、その手配をもとり消す、というわけにはいきません。そして、我々の手もとにある、先ほどのお三方の調査資料も、破棄されます」

「それを証明するものは？」

河内山の口もとに皮肉げな笑みが浮かんだ。

「そんなものを残せば、結局はあなた方の首を絞めるものになる。すべては口約束です。何の証拠もありません」

葛原は息を吸いこんだ。

「そして俺たちが、あんたのいう〝仕事〟をやって、何ヵ月かすると突然逮捕され、警察庁警備局の河内山という人間と、こういう約束があった、といっても、警察庁は、そんな人物は見たことも聞いたこともない、というわけか」

河内山は首をふった。

「それはない。そんなことはありえませんよ」

「どうかな。あんたがそのつもりでも、事務屋じゃない、ここの二人が点数を稼ぎたくなるかもしれん」

葛原はちらっと二人の刑事を見やっていった。

「それもありません。彼らが〝特命〟だということは、〝特命〟を離れたらその間知りえた情報についての一切を忘れなければならないという義務を負っているのです」

「都合のいい記憶力だな」

「警察官ですからね、優秀な」

河内山はわずかに顎をひき、葛原の全身を見た。

「結論は今夜中にいただきたい」

葛原は無言だった。

「よろしいですね。時間がかかればかかるほど、あなた方のスタートは遅れてしまいます」

「ひとつ訊きたい」

「何でも」

「我々が失敗したらどうなる？　その、彼を見つけられなかったら」

河内山は小さく首をふった。

「失敗はしないで下さい」

「失敗はある。いったろう、成功する方がはるかに難しい」

「それでも失敗はしないで下さい、としかいいようがありません。なぜならあなた方に全力を尽していただくためには、失敗があった場合、我々としては最悪のシナリオを用意しているとしかいいようがないからです」

「取引をもちかけたことを裁判で公表されてもか」

「ええ」

河内山は静かに頷いた。

「そのときは、警察庁の一官僚に、暴走があったとして処分が下るでしょう。あなた方の裁判にさほど有利になるとは思えません」

「トカゲの尻尾の、そのまた下請け、というわけか」

今度は葛原の唇に笑みが浮かんだ。河内山は微笑み返した。

「人はどんな立場にいても、トカゲの尻尾になりうるんです。たとえ総理大臣でも例外ではありえない。そう、思いませんか?」

5

河内山は、本気で手もちのカードをすべてさらして見せたのだった。北見、美鈴、米島、その三人の名を口にしたのは、威しがブラフではないということを葛原にわからせることが目的だったにちがいない。

「桜友会館」をでた葛原は電話ボックスに入った。心の中で結論はでていた。逃げる。

チームの主犯格である葛原が逃亡してしまえば、検察はチームの〝仕事〟を立件しにくくなる。

たとえば警察は、ツナギ役である、姜を始めとする三名を特定できていない。ツナギと直接会って報酬のやりとりをおこなっていたのは、葛原ひとりである。葛原が消えれば、警察は、ツナギとチームの関係を把握できず、商売としての〝逃がし屋〟の存在を立証するのが難しくなるわけだ。

もちろん、河内山がそれを見越していない筈はなかった。

「桜友会館」をでたあと、自分に尾行がついていることを葛原は確信していた。だから時間を無駄にしないため、電話ボックスに入ったのだ。携帯電話は使いたくない。

葛原がかけたのは、米島のポケットベルとつながった留守番電話だった。

信号音のあと、録音テープに吹きこんだ。

「出先からだ。当分、ひとりで駅にいる。今度飲みにいこう」

受話器をおいた。「ひとりで駅にいる」というのは、葛原が〝飛ぶ〟というメッセージだった。「今度飲みにいこう」は、前にも録音したのと同じで、改めて連絡があるまでの、チームメンバーの接触を禁じたものだ。

さらにもう一度受話器をとった。今度は、チームメンバーから自分あての伝言を聞くための留守番電話だった。もちろん、自宅においてある電話ではない。

留守番電話にはメッセージが入っていた。葛原は暗証番号を使い、その内容を聞くことにした。三件あった。

北見だった。

「マイ子から誘われました。いけなくて残念です」

それで切れていた。米島からの連絡を確認したことを告げている。次は美鈴からで、同じ内容だった。

三件目は再び北見からだった。今度の声は緊張がこもっていた。

「信じらんないことになっちまいました。今朝、うちのスタンドに奴がきました。初井を追っかけていた兵頭組の男です。危く、面をつきあわせるところでした。今朝はお袋の具合が悪くて、ちょっと遅刻したんです。そのせいでぶつからなくてすんだんですが、旅にはだからでられません。とりあえず今日は、店を休んで家にいます。兵頭組はどこから俺のことを聞いたんでしょう。葛さんの意見を聞きたいんですけど――」

葛原は受話器をおろした。怒りがこみあげてくる。河内山はただ頭の切れる警察官僚ではない。手もちのカードをすべてさらしたと思った自分は愚かだった。

兵頭組に北見のことを教えたのは、河内山の指示をうけた人間にちがいなかった。葛原がひとりだけチームを離脱できないよう、仕向けたのだ。

話しているとき、河内山は葛原らの前回の仕事を知っていたことを何ひとつ告げなかった。だが、チームの動きから兵頭組とのかかわりまですべて調べていたのだ。

冷酷で卑劣なやり口だった。わざと退路があるように思わせ、その実、塞いでいるのだ。これはメッセージだ。葛原に、自分を甘く見るなと伝えてきている。

葛原は受話器を握りしめた。河内山から連絡先として教えられた番号にかけ、思いきり罵ってやりたい。

もちろん河内山はとぼけるにちがいなかった。そして兵頭組の動きを止めるには、葛原とそのチームが動きだしたことを、河内山に納得させるしかない。

そうなれば河内山は、子飼いの刑事を使い、兵頭組を押さえこむ筈だった。

敗北感を味わいながら葛原は受話器をもちあげた。米島の留守番電話に再度かけた。

「俺だ。前言は撤回する。今夜、飲もう、場所は美鈴の店。九時に集合だ。旅には、誰もでられなくなった――」


美鈴の経営する美容室は、ＪＲ大森駅の西口をでて二百メートルほど大井町方向に戻った、商店街の一角にあった。三階建ての建物で、一階が美容室、二階三階部分が住居になっていて、美鈴はそこで、最近台湾から呼び寄せた姪の彩美《さいび》と、年老いたマルチーズとともに暮らしている。

九時少し前、葛原は大森駅に降り立った。尾行をまく、という努力は放棄していた。たとえまいたとしても、全員の家が監視されているにちがいなく、また誰の家でもない場所を集合地に指定したくとも、米島や美鈴には尾行をまく技術がない。

美鈴の店にはシャッターが降りていた。葛原は、建物の裏側にある出入口から中に入った。

出入口は、最初が鍵のかかっていないスティールの扉で、狭く細い通路を抜けた奥にもう一枚の扉がある。二枚目の扉の上に、通路を照らすライトが吊るされており、その横にテレビカメラが設置してあった。

葛原は二枚目の扉についたインターホンを押した。

誰何《すいか》する声もなく、内側から鍵が開かれた。扉を引くと、松葉杖で体を支えた米島がいた。ジーンズにポロシャツを着ている。

「どうも、葛原さん」

米島は気弱げな笑みを浮かべ、いった。年齢は三十五歳で、チームの中では、北見の次に若い。足が悪いのは、生まれて間もなく、車にはねられ骨盤をひどく損傷したせいだった。同じていどの怪我でも、担当医師の技術と運に恵まれれば、松葉杖を必要としない体に成長できたかもしれない、と葛原に話したことがある。

そのことで誰かを恨んだり、世間を嫌ったりはしていない。ただ、自分の運命について、あまり明るい見通しをもっていない。生まれてから死ぬまで、ついてない人生を送るのが自分の役回りだと思いこんでいる。

ふだんは自宅と兼用の、東麻布の模型店で、電動の車椅子に乗って生活している。食事などの面倒を見ているのは、近所に住む両親と姉夫婦だった。米島の父親は、麻布界隈では老舗の不動産屋を営んでいる。

「久しぶりだな」

葛原がいうと、米島は頷いた。色白で実際の年齢より十近く若く見える顔立ちをしている。特にその顔にはまった遠視鏡のせいで、米島の目は、いつも大きく、驚いたようにみひらかれて見える。

「外にでたのはひと月ぶりです」

「すまなかった」

葛原はいった。米島は無言で首をふった。世の中が自分に対し不公平であることには慣れきっているという仕草だった。

「いつまでそんなとこにつっ立ってんのよ！」

いらだった叫び声が米島の背後から聞こえた。

「早く入ってらっしゃいよ、もう。勝手に人ん家《ち》を集合場所に決めたりしてさ」

美鈴だった。米島は葛原に頷いてみせ、松葉杖を操って、自分より早く動ける葛原に道を譲った。

典型的な町の美容院である店内の、順番待ちの客用の長椅子に美鈴が腰かけていた。

美鈴は、米島とは別の理由で、まったく活動的ではない。理由はその体型だった。一六〇センチの身長に対し、八〇キロを優に越す体重をもっている。

不思議なことに、浅黒く整った顔には、顎の周囲をのぞけばさほどの肉はついていない。が、首から下の部位になると圧倒的な量の脂肪が付着しているのだった。そのためでっぷりと肥大した体に小さな顔がちょこんとのっているように見える。

美鈴は薄い絹でできた、ひらひらの生地のワンピースを着けていた。裾はくるぶしまでの長さがあり、生地は目がさめるような色の花柄だった。

店の中は、寒けがするほどエアコンがきいていた。いつものことで、美鈴はひどく汗かきなのだ。

顔の他に、もう一ヵ所、いや二ヵ所というべきか、美鈴にはほっそりとした部分があった。それは、両手の手首から先だった。細くしなやかな指は、繊細で信じられないほど器用な動きをする。結果、葛原たちの〝客〟は整形手術を受けてもいないのに、まるで別人のような変貌をとげるのだ。

美鈴の性格は、一見したところ米島とは正反対に見える。世の中が自分に対し不公平であると思いこんでいるところまではまったくいっしょだが、美鈴はそれに対し常に怒りを口にしている。

「信じられない」「とんでもない」「頭にきちゃう」は、美鈴の口癖だった。

が、どれほど腹を立てているかのように見えても、実際は、自分の役回りを放棄することなく、粘り、努力しつづけ、最後は聖母のような寛大さでもって、すべてを受けいれてしまうのだった。チームでは最年長で、五十を過ぎている。が、いくつ過ぎているかについては、決して口にしない。知りあってから五年以上の歳月が流れているが、外見上の変化を葛原は少しも発見できずにいた。

「まったく信じられないわよ。ポリスが見張ってるかもしれないのに。お店が潰れたら、皆んなびっくりするわよ。この『大森美容室』が悪人の巣だった、なんて！」

美鈴は掌を上に向け、宙をにらんで見せた。ワンピースの長袖は薄い羽のような布で、本体とつながっている。

「北ちゃんは？　これないのかな」

葛原はかまわず訊ねた。

「くるわよ。とんでもない。ちょっと遅れるって。それだけよ」

「そうか」

葛原は頷き、鏡の前に並んでいる美容台のひとつに腰をおろした。

「姪御さんはどうした？」

「上にいるわ。あの子をこんなことに巻きこむわけにはいかないもの。第一、まだ日本語がよくわからないのだから」

米島がコツコツと音をたてて戻ってくると、あいまいな笑みを浮かべたまま別の美容台に浅く腰かけた。美容台は全部でみっつあった。

「ああ、もう頭にくるわね。ちょっと暑くない？」

「いや、冷えすぎだ」

葛原が答えると美鈴はにらみつけた。

「熱があるのよ。暑いわ、すごく。何か飲む？　コーク？　ウーロン茶《ティ》？」

「ウーロン茶をもらおう」

葛原はいった。米島がつづいた。

「僕も」

美鈴は頷き、天井を見上げると台湾語で叫んだ。やがて入ってきたドアのかたわらにある階段の上から、台湾語の返事がかえってきて、盆の上にコーラとウーロン茶の缶をのせた彩美が降りてきた。

血がつながっているとは信じられないほどほっそりとして、内気な印象のある少女だった。木綿のワンピースを着け、髪をおさげのような編みこみにしている。

「ありがとう」

葛原がウーロン茶の缶を受けとっていうと、彩美は恥ずかしげに顔を伏せた。美鈴はダイエットコークをとりあげ、早口の台湾語で彩美にまくしたてた。彩美は頷き、か細い声で答えると、盆を胸に抱いてわき目もふらず階段をかけ登っていった。そのようすを見ていると、いかにも美鈴が、年端のいかない姪を奴隷のように扱っているかのようだ。

もちろんその筈はなかった。

しかしどうしてもそう思えてしまう。

「わかってるよ。あたしがいじめてる、そう思ってんでしょう、本当にもう、信じられない」

美鈴が米島をにらんだ。米島も同じ思いで美鈴を見ていたようだ。おそらくその顔に、わずかだが非難がましい表情が浮かび、敏感な美鈴が反応したのだ。

「と、とんでもない。僕、そんなこと思いませんよ」

怯えたように米島がいった。

「嘘つけ。顔に書いてあるよ。あんた彩美がかわいそうだと思ってる。まったくもう、皆んな人のこと悪者だと思って」

「大丈夫だ、ママ。今日はもっと悪者の話があるから」

葛原はいい、ウーロン茶で喉を湿らせた。

「悪者？　悪者は皆んなお客さん。ちがう？」

美鈴は怒ったふりをつづけながら葛原をにらんだ。

「そうだ。だが、この話は北ちゃんがきてからにしよう」

不安があった。北見は兵頭組に拉致されたのではないだろうか。もしそうならば、河内山は自分がやり過ぎたことを後悔することになる。

北見抜きでの仕事は不可能だ。いや、それ以前に、河内山がその小賢しさを反省するような羽目に追いこんでやる。

葛原は煙草をとりだした。

「煙草吸うの、やだよ、もう。空気がよごれる」

美鈴はいいながら立ちあがり、ガラスの灰皿を運んできた。

「すまないな」

葛原はあやまって、火をつけた。そのとき米島が、

「きました」

といった。

三人は店の斜め上方、ふだんはカーテンに隠されているテレビモニターを見あげた。顔の大きく映った北見が通路を進んでくるところだった。

葛原はじっとモニターに見入った。北見はひとりだった。背後を気にしているようすはない。緊張はしているかもしれないが、怯えているようには見えなかった。

インターホンが鳴った。

葛原は立とうとした米島を制し、扉に歩みよった。鍵を開け、北見と向かいあった。

「どうも」

北見はさえない顔で頷いた。

「大丈夫だったか？　お袋さんの具合は？」

「どっちも何とかってところです。兵頭組は、俺の名前とかは知らないようです。ただスタンドの周りをうろうろしてるって感じで」

「まだ見張ってるのか、スタンドを」

「ええ。なんでこんなことになっちまったのか、信じられません」

葛原は頷いた。

「俺にはわかっている」

「本当ですか?!」

「ああ」

いって、葛原は、美鈴と米島をふり返った。

「上にいって話そう」

「上？ なんで上？ ここでいいよ！」

美鈴がいった。葛原は首をふり、きっぱりといった。

「上だ。あがるときに有線を入れてくれ」

二階は、美鈴たちのリビングルームだった。一階の店舗部分とはちがい、美鈴の趣味である絵や彫刻で埋まっている。それらは、美鈴が出入りの画商などから買いこんだもので、ちょっとした画廊などよりはるかに数多くあった。

美鈴は鑑賞と投資の、両方の目的で買い集めている。自分の鑑賞眼に自信をもっていて、今だかつて一度も偽物をつかまされたことがないのを自慢にしていた。

「そこ、気をつけて！」

二階にあがった北見が床におかれた油絵の額を蹴とばしそうになり、美鈴は金切り声をあげた。

絵や彫刻は壁だけでなく、床にも並べられていた。その中央に黒革を張った年代物のソファがあり、彩美がぽつんと腰かけてゲームボーイをやっていた。

最後に階段をあがってきた美鈴は腰に手をあて、息を喘がせながら彩美に台湾語で話しかけた。彩美は頷き、ゲームボーイを手にしたまま、三階へとつづく階段に姿を消した。

二階には窓がなかった。窓のあった部分は、額に入ったウォーホルの巨大なポスターで潰れている。

葛原は手を貸していた米島を長椅子にすわらせた。美鈴がその横にどすんと腰をおろすと、米島の体が浮かびあがったように見えた。

「まったく信じられないよ、なぜ下じゃ駄目なの」

葛原は北見と並んで腰をおろした。北見が煙草をだそうとすると、美鈴が叫んだ。

「ここは禁煙！」

北見は情けなさそうに首をすくめた。

「悪かったな、ママ。ここ二、三日、今まで見たことのないお客さんはこなかったか」

葛原はいった。

「新しいお客さん？　いるよ。きのう、ひとりきたね」

葛原は頷いた。

「それがいけないの」

「いけなくはない。だがひょっとしたらマイクをしかけられているかもしれない」

「だから有線なんですね」

米島がいった。階下からは有線放送の歌謡曲がかすかに聞こえてくる。

「そうだ」

「信じられない。誰がそんなことするの」

「警察だ」

「ポリス？　なぜ?!」

「それを今から話す」

いって、葛原は三人のメンバーの顔を見渡した。自分の逃亡について、まだこの三人に話してはいなかった。話す必要がなかったし、話せば彼らを巻きこむことになるからだ。しかし今夜は話さなくてはならない。話さないのは、彼らに対し不公正だった。

「きのうの夕方、二人の刑事が私の家にきた。彼らは私の名前を知っていた。葛原ではない、十一年前に私が捨てた名だ。その名前は殺人容疑で手配されている」

驚きを表情で見せたのは米島ひとりだった。北見と美鈴は、葛原の過去について以前からあるていどの推測をもっていたのだろう、無言で見返してきただけだ。

「私の容疑は、殺人の共犯、ということになっている。ひとりが逮捕されていて、その男は、私が主犯で、自分はそそのかされて手伝ったのだと裁判で主張している。殺されたのは、その男の妻だ」

「本当なんですか」

米島が訊ねた。北見がわずかに息を吐き、非難するような目を米島に向けた。

「その男の妻が殺されたのは本当だ。だが私が犯人だというのはちがう。殺したのは捕まった夫で、彼は、自分の妻と私をひどく憎んでいた。理由は、彼と私が親しい友人だったにもかかわらず、私が彼の妻と恋愛関係になってしまったからだ。彼は非常に頭の切れる人間だが、感情的になると自分を抑えられなくなる。結果、妻を殺して罪を私に負わせる罠をしかけた」

「警察はそれを信じているのですか」

「当初は信じていなかった。彼も初め、自分ひとりの犯行だと自供した。しかし裁判になってから、彼は自分のいいぶんを変更し、私におどされて殺害に加わったと主張し始めた」

「裁判はまだ――?」

「彼が高裁に控訴し、つづいている。彼はすでに六年を未決拘留のまま拘置所ですごしている。警察はその間ずっと私を追っている」

「よく、わからないんですが……」

北見がいった。

「もし葛さんが犯人じゃないのなら、でていってきちんと裁判で対決すれば決着がつくことではないんですか」

「たぶんそうはいかないだろう。彼がいいぶんをひるがえしたのも、実は最初から計画のうちに含まれていたことだった。私をとにかく罪に陥れたいと彼は願っている。そのために作られた罠である以上、警察はもちろん、検察も裁判官も私を無罪とは考えないと思う」

「捕まったら、死刑、ですか」

米島が訊ねた。自分の専門外のことに対しては、ひどく幼稚な面がある。

「いや、死刑にはならない、たぶん。だが、十年かそこらは刑務所暮らしだろう」

「そんな――」

「私にとって不利な証拠を、彼はたっぷりともっている。もし私が捕まれば、彼はそれをどんどん提出してくるだろう。客観的に考えて、私の有罪判決は避けられない」

そしてそれは何より、久保の勝利であって葛原の敗北だった。愛していた女性を殺した男の勝利を――たとえそれがその女性の夫であったとしても――、葛原は決して受けいれられない。

「で、あたしたちとそのことがどう関係あるの」

美鈴が訊ねた。冷静だった。

葛原は頷いた。

「直接の関係はない。二人の刑事は、私を追っかけていたわけではなく、このチームのことを調べていて、私の過去を知ったのだ」

「僕たち捕まるんですか」

米島が目をレンズいっぱいにみひらいた。

「私は今日の昼、もう一度、二人の刑事に会った。そこには、彼らを直接指揮しているという、警察庁の役人がいた。河内山という。河内山は、私と、君たち全員について調査がついていることを、私に知らせた。おそらく何週間かかけて、私たちを監視したのだ」

「信じられないな」

北見はつぶやいた。

「私もそう思った。だが、兵頭組に北ちゃんのことを知らせたのは、河内山だと思う」

「えっ」

美鈴が叫んだ。

「やくざが北ちゃんを追いかけてるの」

「そうなんだ。今朝、うちのスタンドにきたよ。このあいだの〝お客〟を追っかけていた連中だった。葛さんに海に落とされた奴の仲間さ」

「信じられない。本当、それ」

「本当だよ。びっくりした」

「河内山は、私たちを捕まえるのが目的ではないんだ。今、日本にいるある外国人を、私たちに捜させようとしているのだ。その外国人は日本に密入国し、何日かすれば密出国するだろうと思われている。けれども警察はその居場所をつきとめられない。大々的な捜査網をしけば可能かもしれないが、政治的な理由でそれができない」

「よくわかんないよ。それってつまり、警察があたしたちの〝客〟になるってこと」

美鈴が訊ねた。

「いわばそういうことだ。ただし、〝お客〟の要望は、逃がしてくれではなくて、その反対、逃げている人間を見つけてくれ、だが」

「やらないとどうなるんですか」

米島が小さな声でいった。葛原は首をふった。

「わからない。私はたぶん捕まるだろう。君らは、私がこのチームの仕事について喋らない限り、捕まっても裁判で有罪になったり、重い刑を問われることはないと思う。ただチームのことは皆に知られる」

「たいへんだ。親にバレちゃう……」

「それどころじゃないよ、米ちゃん」

北見がいった。

「今までの〝お客〟を追っかけている連中が全部、俺たちのところにやってくる。警察だけじゃないぜ、兵頭組みたいなやくざたちも皆んな——」

米島は息を呑んだ。

「その通りだ。むしろそちらの方がたいへんだ。河内山は、それが嘘でないことを証明するために、兵頭組を動かしてみせたのだろう」

「頭にくる。きたない奴」

美鈴がいった。

「そうだな。甘くない相手だというのを教えたかったのだろう」

「——でもなんで俺たちなんですか。俺たちは刑事じゃないんですよ。ましてや外国人なんて」

北見は鋭い口調になった。

「関西に成滝という男がいる」

「ああ！」

美鈴が叫んだ。

「知ってるよ、別れた亭主から聞いたことあるよ」

「同業者ですか」

北見は眉をひそめた。

「そうだ。おそらく、日本では我々と並ぶ、トップだろう。その成滝が今いった外国人の面倒をみているんだ。警察は、我々のことを知っているように成滝のことも知っている。だから簡単には見つけだせないと考えたのさ」

「政治的な理由って何です」

「その国は日本と国交がない。だからその外国人が日本にいることがわかれば、彼は本国に帰ったとき、厳しい処分を受ける可能性がある。現在のその国の指導者を、官僚たちはあまり信用していない。ひどく独裁的だからだ」

「台湾じゃないね」

美鈴が訊ねた。

「ちがう。問題は、その人物が、ひょっとしたらその国の次の指導者になる可能性があることだ。現在の指導者には、息子が二人いて、どちらかが跡を継ぐものだと思われている

――」

「わかった」

北見がつぶやいた。

「何してるんです、いったい。日本で」

「それを河内山は知りたがっている」

「待って、待って」

米島がいった。

「ぜんぜんわかんないよ。だいたい息子二人てのと、どういう関係があるの」

葛原は息を吸いこんだ。新橋から自宅に戻ると、野尻が待っていたかのように資料を届けにきた。その場で目を通すことを葛原に要求し、目を通し終わるともち帰ったのだった。河内山は、「桜友会館」ですべての情報を知らせず、一度泳がすことで葛原を試したのだ。今、葛原には、日本にいる人物が誰であるかもわかっていた。だがその名を彼らに告げることにはためらいがある。知ることによって、チームの皆が、今以上に危険で不快な状況におかれる可能性は充分にあった。

だがもし彼らがこの〝仕事〟を請け負うなら、彼らには知る権利がある。彼らが相手にするのは兵頭組のような暴力団ではないが、ある意味で暴力団以上に危険な、非合法の工作員なのだ。

暴力団ならば、彼らを拉致しても、必要な情報を入手すれば解き放ってくれるだろう。だが工作員はちがう。不要ならば殺す可能性がある。自分たちの存在、活動を通報されるのを防ぐという目的だけのために。

「それを詳しく話す前に、訊きたいんだ。皆は、この〝仕事〟をやるかどうかを――」

葛原はいった。

誰も、すぐには返事をしなかった。その思いは葛原にも理解できた。ひどく不公平な取引をもちかけられたような気分でいるにちがいなかった。葛原が殺人の容疑者でさえなければ、これほど不公平な形にならなかったのではないかと感じているのだ。

が、少し考えれば、葛原の容疑とは関係なく、自分たちが抜き差しならない立場におかれていることに気づく筈だった。

これまでしてきた仕事には違法性があり、しかも警察以外の非合法な組織からつけ狙われる可能性もある。とり返しのつかないことをしてしまっていたのだ、という後悔が、各人の胸を噛んでいる。

「――やらなきゃ殺されちゃうんでしょ」

米島がいった。すねたような口調だった。

「殺されるとは限らない。名前さえでなければ、やくざもつきとめられないだろう」

「刑務所は？」

「たぶん入らずにすむ。入っても――短期間だろう」

「短期間？」

「一年以内」

米島は口をつぐんだ。今にも泣きだしそうに見えた。葛原に食ってかかりたいのをけんめいにこらえているようにも見えた。

「仕事をやったらどうなるんです？」

北見が訊ねた。

「君たちの資料はすべて破棄するといっている」

「葛さんは？」

「私が手配中の人間と同一人物である、という資料が同じく破棄される」

「葛さんへの手配は？」

葛原は首をふった。

「それは無理だ、いったように、私が共犯だと主張する犯人がいまだに裁判で争っているのだからな」

「信用できますか、そいつらのいっていることは」

「わからない。強請《ゆす》りのようなもので、一度金を払ってすむ場合もあるが、二度三度となる場合もある」

「その外国人を見つけられなかったら？」

「どうなるだろうな。失敗は絶対にするな、ということだろう」

「結局、やらせる気なのよ。脅迫して。きたない！　頭にくる」

美鈴が同じ言葉をくり返した。葛原は頷いた。

「その通りだ。連中は、俺たちが絶対に断われないように取引をもちかけてきた」

「でも、全部ばらしたら？　警察のお偉いさんがこんなきたない取引をもちかけてきたって」

米島が早口でいった。

「その場合は、河内山ひとりが責任をとる」

「本人はそれでいいっていいってるんですか」

北見が眉をひそめた。

「ああ。すべて自分ひとりの暴走、ということで決着をつける気だそうだ」

美鈴がはあっと息を吐いた。

「ポリスって、皆んな同じよ。ずるくて……」

「断われない、失敗できない。そんな話ってあるのかよ」

米島は低い声でいった。そして涙目になって葛原を見た。

「だいたい葛原さんがいけないんだ。葛原さんがそんな、殺人容疑なんかで手配さえうけてなきゃ――」

「米ちゃん」

北見が止めた。

「葛さんは関係ない。俺たち全員がやってきたことが今、問題なんだ」

「だって、俺……。俺、何も知らないよ……」

「そうだろう。でも仲間だ。チームだったんだ。金だって、分けてた。それは本当のことだ」

米島はしゃくりあげるように息を吸いこみ、黙った。

「米ちゃんの気持わかるよ。あたしだってくやしいよ」

美鈴がぽつりといった。再び全員が沈黙した。

「——やるしかないんでしょ」

米島がいった。

「嫌なら無理に、とはいわない。私は、私ひとりでもやらざるをえないと思っている」

「でも、ひとりでやろうが皆んなでやろうが、失敗したときは全員の責任になっちまうんでしょう」

北見がいった。妙に明るい口調だった。

「そうだ」

「だったらやるしかないじゃないですか。刑務所入りたくないし、やくざに追っかけまわされるのもごめんです。そんなことになったら、うちのお袋は目を回しちまう」

北見の目に痛みがあった。葛原はその痛みを胸で感じた。メンバーの中でもっとも身軽なのは自分なのだった。北見には体の弱い母親がいて、美鈴にはこの店がある。米島に至っては逃げ回ることなど不可能だ。

「——信じらんない！」

美鈴が吐きだした。

「ポリスが〝客〟とはね！　ギャラは払ってくれるの?!」

「ああ」

葛原は頷いた。そのことは確認ずみだった。

「仕事にかかった実費は向こうもちだ。報酬に関しちゃ、いつも通りは期待できないだろうが、それなりのことはするといっていた」

「税金から払う気だよ、あたしたちの」

美鈴は首をふった。

「とんでもないね……」

葛原は米島を見た。

「米ちゃんが気がすすまないのなら――」

「そんなこといってませんよ！」

あわてたように米島はいった。そして、葛原に向かって小さな声でいった。

「ごめんなさい。葛原さんが悪い、なんていっちゃって」

「いや。きっかけはすべて私だ。だから米ちゃんがいったことも外れちゃいない」

「葛原さんは僕らのリーダーです。あんなことというべきじゃなかった」

「単に年をくっているだけだ。もう忘れよう」

葛原は美鈴を見た。

「信じらんない。本当よ。でもやるしかないんだわね」

葛原は頷いた。そして驚いた。美鈴が不意ににこっと笑ったからだった。

「あたしたちからとった税金が少しでも返ってくるわけでしょ。やんなきゃ」

「ありがとう」

葛原はつぶやいた。


「問題の人物の名は、林忠一《りんちゅういち》。父親の林剛哲《りんごうてつ》には、もうひとりの息子、林煥《りんかん》がいる。このふたりは母親がちがう。兄である林煥は林剛哲の後継者と目されているが、実際は林剛哲が死んでみないことにはわからない。あの国は、全体主義をとる林剛哲の独裁国家といっていい。国内の情報はほとんど外へは流れださない」

「でも驚いたな。ナンバー2かナンバー3になるわけでしょう、林忠一というのは。そんな重要な人間が、国交もない日本に秘かにきているなんて信じらんないすよ」

北見がいった。

「確かにそうだ」

「いったいどうやって、ポリスの連中は、その男が日本にいることを知ったの」

美鈴が訊ねた。

「わからない。たぶんあの国の内部にスパイがいて、そのスパイが知らせてきたのだろう。スパイといえば――」

葛原は言葉を区切った。

「あの国には秘密警察がある。そこの人間は日本にも送りこまれていて、日本で暮らしているあの国の人間を監視したりしている。その秘密警察――国家安全部という名称だが――の工作員も、林忠一を捜している」

葛原は、成滝の手下が拷問をうけて殺された話をした。案の定、全員に不安げな表情が広がった。

「じゃあ成滝も、追っかけられているってことを知ってるわけですね」

北見がいった。葛原は頷いた。それは重要なことだった。葛原ら〝逃がし屋〟のチームは、当然追われている人間を客にするのだが、仕事の最中に追っ手が接近したときに備え、常に、第二、第三の予備ルートを用意している。ひとつのルートしか決めておらず、そこに網をかけられてしまったら、〝客〟だけでなくチーム全体に危険が及ぶからだ。

成滝が工作員の追跡に気づいていれば、本来のルートをかえている可能性が高い。

「参ったたな」

北見はつぶやいた。

「それだけできる同業者だとすると、デコイも動かしているかもしれませんよ」

「その可能性は充分ある」

デコイというのは、文字通り囮《おとり》だ。〝客〟に姿形の似た無関係の人間を雇い、まぎらわしいルートを移動させて、追っ手を撹乱するのだ。たとえばデコイは車に乗せ、自分たちは鉄道で動く、というようなやり方をとる。

「まちがいなくいえるのは、奴らの〝客〟は決して一ヵ所に留まってはいない、ということだ。デコイを動かし、自分たちも動きつづけている」

「まだ日本にいるんですか」

米島がいった。

「帰っていれば、たぶん本国のスパイから連絡が警察の連中に入っている筈だ」

「どうやって帰るの。飛行機は飛んでないでしょ」

美鈴が訊ねた。

「直行便はないけど、北京やモスクワからは飛んでる」

米島がすばやく答えた。そういう知識は豊富にもっている。

葛原はいった。

「あとは船だ。連中がもってきた資料によると、これまで工作員たちが密上陸に使った船は、富山、福井、新潟、石川、島根などに接岸しているらしい。中には沖合いで浮上させた潜水艦からゴムボートを使っての上陸、というケースもあったようだ」

「すべて日本海側ですね」

米島はいった。

「そうだ。たぶん林忠一も船のルートを使ったのだと思われる。飛行機ではあまりに目立ちすぎる。モスクワや北京からの便には、日本で暮らしている人々の祖国訪問団などが乗りこんでいるケースが多く、正体を知られてしまう可能性が高いからだ」

「船か……。参ったな」

北見はつぶやいた。

日本は周囲すべてを海に囲まれている。出ていく側にとっては、これほど便利なことはない。港の数も、漁港だけで小さなものも含めると二千八百をこえる。日本海側にそのうちのどれだけがあるかはわからないが、千は上回るのはまちがいない。大量の警官でも動員しない限り、すべての港を見張ることなど不可能だ。

それを考えたとき、葛原の頭に浮かんだことがあった。

「そうか」

葛原はつぶやいた。

「何です?」

北見が訊ねた。

「河内山は大量の警察官を動員できない理由として、もしそうすれば林忠一が日本にいることが明らかになってしまうからだといったが、本当はちがう。明らかになることで、あの国の上層部にスパイがいるとわかるのを恐れているんだ」

日本の治安当局に情報を流しているスパイがいるとなれば、当然大規模な捜査がおこなわれるにちがいなかった。そして正体が露見すれば、処刑は免れられない。

「そのスパイはたぶん国家安全部の情報に近づける立場にいる人間だ。安全部が日本で林忠一を捜していることをこっちに知らせてきたのさ」

「やばいなあ。めちゃくちゃやばくないですか、それ」

「国家安全部とぶつかったら、危険なことになる」

北見はため息をついた。

「なんだか兵頭組がかわいく思えてきちゃいましたよ。奴らなら二、三発張り倒されて、喋っちまえばそれで勘弁してくれるかもしれないけど……」

「ガードがいるな」

葛原はいった。よほどのことがない限り、〝客〟にガードをつけるケースはない。〝客〟にガードが必要だということは、それだけチームの仕事の成功率が低いことを意味する。しかし今度ばかりは、工作員たちとどこかでぶつかる可能性がある以上、葛原らチームそのものに、ガードをつける必要があった。

葛原はガードを雇うときには、それなりの人間と別契約を結んでいる。しかし今回の場合、そういう人間は使えない。河内山と話しあうべき問題だった。

「まず、成滝のルートを考えてみようじゃないか」

葛原はいった。

「地図は？」

美鈴が訊ねた。

「あればありがたい」

美鈴は頷いて大儀そうに立ちあがると、部屋の隅にいった。重ねられた額の中から、パネルに入った日本地図をひっぱりだした。一メートル四方ある。

四人はそれに見入った。

「林忠一が船を使ったとすれば、当然日本海側から上陸している。成滝は上陸地点で林をピックアップしただろう」

「それからどこへ？」

北見が訊ねた。葛原は首をふった。

「それがわかるくらいなら苦労はしない。ただ林が日本にきた目的は、人と会うことだろうと河内山はいっていた。それが日本人かどうかはわからない。だがかりに相手がアメリカ人だとしても、林とその人物は、日本で会う以外道がない。もちろん、北京やモスクワを選ぶこともできただろうが、秘密裡に入出国できるのは、日本だったというわけだ」

「人と会う、か。だとすれば都会ですよね」

「上陸地点で会い、すぐに帰るなら別だが、そうでなければ、林は大都市に入っている筈だ」

それはあたり前のことだった。人を隠すのにいちばん適しているのは大都市だ。

「大阪かな」

米島がいう。

「日本海は大阪の方が近いですよ」

「それに土地鑑もある」

北見がつづいた。

「向こうでやってるプロなら、当然、自分のフランチャイズを使うでしょう。何かと動きやすいし」

「確かにそうだ。だが成滝は追っ手の存在もわかっている」

「大阪はデコイで、東京に本物とか」

「ありうるな」

「どっちにせよ、街の真ん中で見つけだすのは百パーセント不可能ですよ。もし成滝と林が潜っていたら絶対見つけられない。なにせプロですからね」

「俺もそう思う」

葛原はいった。

「見つけるチャンスがあるとすれば、連中が帰りの船に乗るために動きだしたときだ。ただしその前にどこから船に乗るか、港をつきとめなけりゃならん」

「どうやってつきとめます？」

「成滝を追っかけるしかないな」

北見の顔に浮かんだ表情を見て葛原は頷いた。

「そうだ。国家安全部の工作員たちがとったのと、同じ方法を使うんだ」

6

午前一時過ぎ、ひとまずのミーティングが終わった。車できていた北見が葛原と米島を乗せ大森を離れた。

まず東麻布で米島を降ろした。北見は尾行に注意して運転していたが、それらしい車はない、といった。

だからといって本当に尾行されていないとは限らないことを、葛原も北見もわかっていた。

もし尾行がつくとすれば、相手は組織力も経験もある連中だ。五台から六台の車を使って遠巻きに尾行されれば、見破るのは難しい。

「さっきはありがとう。北ちゃんがいってくれなければ、俺は孤立無援だった」

二人きりになると葛原はいった。いえ、と北見はいって首をふった。

「――変な話ですけど、いつか俺、こんなことになるんじゃないかと思ってたんです。葛さんの話を聞いたとき、ああやっぱり、と思いました。正直いって悪いことをしてきたとは全然思わないのだけれど、法律に違反していることは事実ですからね。うちの〝客〟なんかを見てても、悪そうな奴なんか少ないじゃないですか。ほとんどがそのへんのサラリーマンみたいだったり……。きっと俺なんかももし警察につかまったら、皆んな、そんな悪人だと思ってなかったたっていうんだろうなって――」

「河内山は警察庁の名をだしたが、今はちがうところにいる」

「どこです？」

「内閣の情報調査室だろう」

「なんだか笑っちゃいませんか。俺らがそんなとこの下請けになって、逃げ回る側から追っかける側になるなんて」

「それだけ連中も焦ってるってことだ。何か他にも理由があるのかもしれない」

「理由？」

「俺たちとは関係のない、政治的なことさ。たとえば林剛哲が死にかけているとか」

「でも考えてみりゃ賭けですよね。もし本当にこんなことが公けになったら、週刊誌なんて大騒ぎですよ」

「いや。奴らは潰すさ」

「潰す？」

「大新聞なんかは官庁と太いパイプをもっている。汚職のような官僚の犯罪とちがい、今度のような件は、国民の利益とは直接関係がない。だから大新聞が情報を握っても、今までのもちつもたれつを理由に記事にしないでくれといわれれば、新聞社の上の方は没にするだろう」

「そんなことあるんですか」

「どんなニュースだって、いつまでも記事として売り物になるわけじゃない。しかも新聞社は、これからも官庁とうまくやっていかなけりゃならん。記者クラブを締めだされたら、記事が作りにくくなる」

「つまり取引ってことですか」

「そうだ」

北見はくすっと笑った。葛原はハンドルを握るパートナーを見やった。

「まったく葛さんて、世の中の何にも信用してないみたいだ」

色白の額に長い前髪が落ちかかっている。一見すれば、ひょろりとして頼りなげだが、腹のすわった若者だった。

「そんなことはない。信用しているものもある」

その北見の横顔を見つめながら葛原はいった。

「そうすか。なんだかそうは見えないですよ」

「今にわかる」

葛原はつぶやき、煙草をくわえた。

門前仲町のマンションの前に車が止まっていた。運転席に野尻の姿があった。後部席に二人いる。

予期していたことだった。北見もその車に気づいた。

「葛さん」

「大丈夫だ。俺を落としたらそのまま帰ってくれ」

「いいんですか」

「奴らは〝お客〟だ」

北見の車を降りたつと、葛原は野尻らの車に歩みよった。北見はルームミラーを気にしながら走り去った。

後部席にいたのは、河内山と望月だった。二人はドアを開けた。

「中で待たせていただいてもよかったんですが、それではあまりに失礼かなと……」

河内山はいった。北見の車を見送ることもしなかった。それでかえって、尾行がついていたことを葛原は確信した。

「別にかまわない。最初からあんたたちに礼儀は期待しちゃいない」

「生意気な口をきくな」

望月がやんわりといった。

「そうだな。お客に無礼な口をきくのは考えものだ」

葛原はいった。

「上へいきましょう」

河内山がうながした。

野尻を車に残し、三人は葛原の部屋にあがった。葛原はキッチンにいき、冷蔵庫から缶ビールをとりだした。

「飲むか」

「先に返事を」

河内山はリビングの中央で立ったままいった。

「やるさ。他にないだろう」

「チームの他の皆さんは？」

「手伝ってくれる。今のところはな」

「よかった」

河内山はにこりともせず、いった。

「ビールをいただきましょうか」

「あんたは？」

葛原は望月を見た。望月も無言で頷いた。本当は飲みたくないのだが、河内山が飲むといった手前、つきあっているようだ。

「いい部屋ですね。きれいに片づいてる」

葛原がテーブルに缶ビールを並べると、河内山はいった。

「調べさせたんだろう、どうせ。ここに入ってくるってことは、盗聴器や録音マイクがないのを確認済みってわけだ」

二人の向かいに腰をおろし、ビールの栓を引いて葛原はいった。

「話し合いについて聞かせて下さい」

それには答えず、河内山はいった。

「いったろう。やる」

「どうやって」

葛原は煙草をくわえた。

「その前に。林忠一は、今も日本にいるのか」

「それはわかりません」

「わかっている筈だ」

「なぜです？」

「そっちはあの国から情報が入ってくる」

「どういう意味ですか」

「林が日本にいると教えてくれた人間は、本国に帰ったときも教えてくれる筈だと思ってね」

河内山は表情をかえずいった。

「なるほど。そう読みましたか」

「ああ。だからそっちは警官を大量動員できない。その人間の立場が危くなるからな」

河内山は微笑んだ。

「動機よりも大切なのは結果です」

「いいさ。こちらも頼みがある」

「何です？」

「ボディガードをよこせ」

「ボディガード？」

「国家安全部の工作員が林を追っかけているんだ。そんなのとでくわした日には、こっちは歯が立たない」

「なるほど」

「そっちも監視する手間が省けるだろう」

河内山は考えていた。

「あなた方と行動を共にする、ということですか」

「そうなるな。当然だが、丸腰じゃ困る」

「そうだとすると、少し難しくなります」

「じゃあどうする。遠巻きにしてガードする、か？　いざというとき駆けつけてくれないのじゃ困るんだ。林の居場所をつきとめても、拷問されたら俺たちは喋るぜ。殺されるよりは刑務所の方がましだ」

「その件については考えさせて下さい。林を捜す方法を聞かせて下さい」

葛原は無言で河内山を見つめた。

「何ですか」

「ボディガードがつくのでなければ仕事はできない」

「交換条件ということですか」

「そうじゃない。計画の一部だといっているんだ。ボディガードなしでは林は見つけだせない」

「――拳銃は必要ですか」

「すでに人を殺しているプロの工作員相手に、素手の刑事が歯が立つか。十人、二十人いるのならともかく」

「工作員たちは皆、訓練をうけていますからね」

「そういうことだ」

河内山は深々と息を吸いこんだ。

「何人くらい必要です？」

「二人。それ以下では心配だし、それ以上ではかえって目立つ」

「拳銃着装で」

「そうだ」

河内山はわずかに下唇をかみ、宙を見つめた。

「年寄りは困る。フットワークがよくて腕っぷしもある連中だ」

望月が嫌な顔をした。

「できりゃ刑事に見えないのがいい」

「SPあたりから借りだせないか、やってみましょう」

「じゃ、今日の話しあいはここまでだ。ボディガードがつくことがはっきりしてから、次の話だ」

「待って下さい――」

「おい、いい加減にしろよ！」

望月が腰をうかせた。

「何様だと思ってやがるんだ」

「拷問されて殺されたかないってことだ。いけないのか」

葛原は望月をにらんだ。

「わかりました。ボディガードは必ず何とかします」

河内山がいった。

葛原は河内山に目を移した。

「時間がないんだな」

「五日後には林は本国に戻っていなければならない、そう申しあげた筈です」

「それだけじゃないだろう。他にも理由がある筈だ」

「理由？」

「あの国に政変が起きる可能性がある」

今度も河内山は表情をかえなかった。

「さあ。ただ東側の崩壊を見てもわかるように、全体主義国家というのは突然何がおこっても不思議ではない」

葛原は河内山を見つめた。

「案外、おこそうと思って、この国にきているのじゃないか、林は」

「そうなら、なおさら会う必要があります」

「会ってどうするんだ。馬鹿な考えはおこすなといさめるのか。それとも応援するからがんがんやれと励ますのか」

「それは私の考えることではありません。私の仕事は情報集めです」

「案外、今の総理大臣はとっくに知っているかもしれんぜ」

河内山の口元に苦笑が浮かんだ。

「だとしても次の総理は知らないでしょう」

葛原は頷いた。そしていきなり告げた。

「追跡は大阪で始める。国家安全部の連中と同じやり方だ」

「理由は？」

「林は海からきて、海へ帰る。どこの港を使うかを、成滝のルートでつかむ。林が成滝と潜っているあいだは、見つけだすのは不可能だ。見つけられるのは、港へ向かうときだ」

「しかしそう簡単にわかりますか」

「わかる筈ないだろう。だからこそあんたは俺たちに目をつけた。ちがうか」

葛原は静かにいった。河内山は頷いた。

「おっしゃる通りです」

7

翌朝、葛原と北見は新幹線に乗りこんでいた。約束の護衛とは、正午に落ち合う約束になっていた。落ち合う場所は、天王寺駅の構内だった。天王寺駅にすぐ近いマンションの空き部屋で少年の死体が発見されたのだ。

河内山は殺された少年に関する資料をおいていった。

それによると少年の名は豊川《とよかわ》英志《えいし》、十九歳。大阪市内の中学を卒業後、運送店に就職するが半年で退職。市内の暴力団事務所に見習奉公で入り、一年後そこを離れ、「ロマンロード」というバイクショップの店員になっている。自動二輪の限定解除免許をもち、道交法の違反歴はない。

豊川は四日前の夕刻、勤め先の「ロマンロード」をでたあと行方がわからなくなり、翌日の午後、斡旋手続のために空き部屋を訪れた不動産業者によって死体を発見された。

豊川の住居はそこから約二キロほど離れたアパートで、隣室の住人は、前夜何も異常は感じなかったと訊きこみの刑事に告げている。

豊川が成滝の使い走りだったらしいという情報を河内山にもたらしたのは、大阪府警の一課の刑事だった。府警一課は、成滝の〝逃がし屋〟グループの存在を以前からつかんでいたが、成滝本人に関する情報がまるで手に入らず、また成滝が住居を転々と変更するため、有効な証拠をつかめずにいた。

それは当然といえば当然のことだった。「成滝恭一」が本名である筈はないのだ。成滝の名は、いわば符号にすぎない。グループのリーダーである成滝が本名から住所までをすべて警察に知られていたら、〝逃がし屋〟としての仕事は成立しない。警察は成滝さえ張っていれば、常に重要容疑者を逮捕できてしまう。

豊川が成滝の使い走りらしいとわかったのは、偶然の産物だった。大阪府警は一度だけ、成滝グループが逃がそうとしていた〝客〟を、先行して逮捕したことがある。それは兵庫で手配された横領犯だったが、密告《たれこみ》があり、市内のビジネスホテルを急襲したところ、容疑者が室内にいたのだ。そのとき現場から大型バイクで走り去った不審な人物がおり、そのバイクのナンバーを洗ったところ豊川の名があがった。

だが逮捕された容疑者は成滝グループへの依頼は認めたものの、依頼方法や豊川との関係については何も話さず、府警はそれ以上の追及をあきらめたのだった。半年前のことだ。

「どう思う」

葛原は北見にその資料を読ませて訊ねた。列車は定刻通りに名古屋を出発したところだった。二人は十時二十六分に新大阪に着く「のぞみ」のグリーン車内にいた。車内は空いていて、前、隣、両座席とも人はいない。

「豊川は府警に一度はマークされたことに気づいていましたかね」

北見はいった。

「これによると、豊川への接触を結局、一課はしていない。いきなりひっぱって、豊川が全部吐けばいいが、そうでなければ成滝グループ全員が潜ってしまうのを警戒したんだ」

「だとしても自分が見られたかもしれないとは気づいていたでしょう」

葛原は頷いた。

「たぶん豊川のそのときの役はメッセンジャーだ。切符などこまごまとした指示を与えにいっていたにちがいない。成滝はその後は同じ仕事はさせなかったろうな」

「すると今の仕事は何だったんですかね」

「〝客〟以外との接触だろう。俺の聞いた話では、成滝はグループといっても、俺たちのようなチームは組んじゃいなかった。契約関係にある登録メンバーがいて、仕事をするときにはそのひとりひとりに渡りをつけていたらしい。たぶんその連絡係をさせられていたのじゃないか」

「とすると、かなりのメンバーを知っていたことになりますよ」

「いや」

葛原は首をふった。

「たいていのメンバーへは電話一本で連絡がつく。人間による行き来が必要になるのは、前もって何かを受け渡ししなければならない仕事をこなすメンバーだ」

「何かって……」

北見は眉根をよせた。

「たとえば写真なんかさ」

「そうか――」

海外へ脱出させる〝客〟の場合、密出国、密入国ならばよいが、そうでなければパスポートは絶対に必要になる。さまざまな偽造書類を作るには熟練したプロの存在が不可欠だ。葛原らにもそういう人間はいる。美鈴の美容室で〝整形〟した〝客〟の写真を使った偽造パスポートを作る〝書類屋〟だ。葛原はツナギ役の姜を使って「外注」していた。

「あとはこまごまとした品を買い揃えたりする係だろうな」

葛原はいった。監視の目をくぐり、きれいに「失踪」させるためには、〝客〟に旅仕度などをさせておくわけにはいかない。当然、〝客〟は着のみ着のままである。そのために衣類などを始めとする日用品が必要になる。

「いくら成滝がチームを組んでいなかったといっても、豊川のような人間は絶対に必要だったわけさ」

「安全部の連中はすると、書類屋をつきとめていますね。あとは芋づるか……」

「たぶんな。成滝が契約していたメンバーは、書類屋の他に、ドライバー、パイロット、船長、美容整形医、ボディガードなどがいる筈だ。書類屋からひっぱれるとすれば誰だ？」

「ドライバーですよ。ドライバーには、仕事のとき絶対、免許証が必要になる。それに偽のナンバープレートもいる」

「そうだ。だがドライバーは、仕事に入ったらもうつかまえられないぞ」

北見は唇をかみ、考えていた。

「ひとりじゃないですよね。デコイを使っていたら……」

「ああ。成滝は複数のドライバーを抱えていたろう。中にはボディガード兼用、というようなのもいる筈だ」

「俺じゃとても無理だな」

「西の方は荒っぽい仕事が多いだろうからな」

「……中継基地」

北見がつぶやいた。

「デコイを使ってるならなおさら、中継基地は必要になります。携帯が常につながる土地ばかりじゃないでしょうからね、走るのが」

「それだ。俺たちにとっての米島だ。今回の仕事は、中継基地抜きでは無理だ」

「安全部が中継基地までいっていたらもう、アウトじゃないですか」

「成滝はきっと手を打っている。たぶん安全部の連中は今、中継基地を割りだそうとして動き回っているだろう」

「で、俺たちはどうするんです？」

「成滝がどうやって豊川を仲間に加えたかを考える。豊川の経歴で成滝と接点になりそうなのはどこだ」

「やっぱり、やくざの見習奉公のときじゃないですか」

「それもひとつだが、これから現役のやくざになろうって奴をグループにひっぱるかな。それではその組と腐れ縁が生じることになる」

葛原は首をふった。

「じゃ、どこです？」

「北ちゃんは、米ちゃんという接点があって、俺たちのチームのメンバーになった」

「つまり、成滝グループの契約メンバーの誰かを豊川が知っていたっていうんですか」

葛原は頷いた。

「その方が成滝から見ても信用がおける」

「でもどこで知りあうんです？」

「勤め先さ。バイクショップだよ」

「そうか……。ドライバーならバイクもやっていておかしくない。客にいたんですね。成滝グループのドライバーが」

「俺の勘だ」

北見は息を吸いこんだ。

「あとはどうやって調べるんです？」

「調べるのが専門の連中とこれから会うんだ。そいつらに任せようじゃないか」

葛原はいった。


豊川の勤めていたバイクショップ「ロマンロード」は、阿倍野区のあべの筋沿いにあった。新大阪の駅でワゴンのレンタカーを借りた葛原と北見は、大阪市内を南下し阿倍野区へ向かった。

葛原は携帯電話を使って美鈴に連絡をした。美鈴は米島に連絡をとる。

やがて米島から葛原に電話が入った。米島は自宅で、大阪の詳細な地図を広げている。東京にいながらにして北見に地理的なアドバイスを与えるためだった。

葛原は用意してきた二機のヘッドセットを携帯電話につないだ。

携帯電話はもう一台ある。それは非常連絡用だった。その番号は河内山にも伝えてある。

「何だか太い道が全部一方通行で、走りやすいようで走りにくいですよ」

それがハンドルを握った北見の第一声だった。

「阪神高速の環状線が縦長の輪で、平行して南北に走ってる。あべの筋はそれより東寄りでやっぱり平行して走っている道だよ。地図で見る限り、大阪の道は、東京より縦横がはっきりしていてはるかに読みやすいよ」

ヘッドセットから米島の声が答えた。

「そりゃあそうかもしれないがな。で、どうすればいい？」

北見が訊ねた。

「今、新淀川大橋を渡っている頃だと思うけど、もう少しいくと梅田の繁華街にぶつかる。きっとそこは混んでいるだろうから手前を左に折れて」

「わかった――」

「高速に乗った方が早そうだな」

葛原も地図を見ながらいった。

「そう。たぶん文の里というところで降りるのが、葛原さんのいっているバイクショップにいちばん近いと思うよ」

「どこから高速に乗るんだ」

北見が訊ねた。

「今どこ？」

「左へ曲がって新御堂筋を外れたところだ。中崎二丁目北という標識がある」

葛原は答えた。

「オーケー、そのまままっすぐいけば、天神橋六丁目の交差点にでる。約五百メートル。そこから道なり右で四百メートルほど進むと樋之口町の交差点。そこを右ですぐ、長柄《ながら》という高速の入口がある」

米島が答えた。地図を読むのは助手席の葛原にもできるが、コンパスと定規を使い、距離を即座に計算できるのは米島しかいない。

「よし、わかった」

「高速に乗ったら内回りでいけば、まっすぐ市内を南下する」

「了解」

一時間足らずで、葛原らの乗った車は、バイクショップ「ロマンロード」の前に到着した。店頭のみでなく歩道までずらりと売り物のバイクが並んでいる。メーカーも、国産から欧米車までさまざまだった。常連らしい革のツナギを着た客が、「ロマンロード」のロゴの入ったウインドブレーカーの店員と一台のバイクの前にしゃがみ、話しこんでいる。

「今、『ロマンロード』の前にきた。ここから豊川の住居までの距離は？」

「住居表示で見る限り、東へ直線で六百メートル。歩いても七、八分のところです」

米島が答えた。

「じゃそっちへ回ってみますか」

北見がいったので、葛原はいった。

「ちょっと待ってくれ。『ロマンロード』を見てくる」

「大丈夫ですか」

「試しさ」

レンタカーを降りた葛原は、話しこんでいる「ロマンロード」の店員と客に歩みよっていった。体の力を抜き、自信なさげにふるまう。

二人が葛原に気づいて話をやめるまで、そうして待っていた。

「どうもお仕事中、申しわけありません。私、東京の神田にあります『バイクマガジン』社の編集部から参った者ですが――」

「ああ、『バイクマガジン』なら読んでるわ」

ツナギを着た若者がいった。葛原は何度も頭を下げた。

「あっ、そりゃどうも。実はこちらのお客さんで、かわったバイクをおもちの方がいらっしゃるとうかがったものですから――」

「かわってるって、どんなん？」

店員が訊ねた。客と同じくらいで二十四、五だった。

「いや、それが私、まだ『バイクマガジン』の編集部にきたばかりでよくわからないのですよ。花井《はない》さんというお客さんらしいんですが、ご存知ありませんか」

「そんな客、いてへんよ」

店員がいった。

「えっ、そりゃ参ったなあ。お宅の、豊川さんという方からお手紙いただいたんですが、豊川さんはいらっしゃいますか」

店員の表情が変化した。

「豊川……。そりゃあかん。あいつ、殺されよったん」

「ええっ！」

葛原は大げさに驚いてみせた。

「本当ですか、それ⁉」

「ほんまや。天王寺のマンションで死体で見つかったんや」

「どうしよう……困ったな……」

葛原はつぶやいた。

「花井さんというお客さんに本当に心あたりありませんか」

「ないわ。なあ」

店員は客と顔を見あわせた。葛原は首をひねった。

「名前がちがうのかな……。豊川さんと仲のよかったお客さんで、四輪の運転もすごく上手な方、という人に心あたりありませんか」

「それやったら錦木《にしきぎ》さんちゃうか」

「錦木さん。その方かな」

「錦木さん、そんな珍しいバイク、もっとったん？」

客が店員に訊ねた。

「いや、聞いたことないわ。けど、車もよう運転する、いうたら錦木さんやろ」

「その錦木さんという方は、何をしていらっしゃいます？」

「なんだっけ。保険のまとめ役、ちゅうか、なんか事故あったときに加害者と被害者のあいだに入って、いろいろ調整する役や、ちゅうとったな」

「特にやあさん関係、強い、いうとったで」

「連絡先わかりますでしょうか。大阪にきてしまいましたし、駄目もとでいってみますから」

葛原は頭を下げた。

「そんなんいわれても……」

店員は考えこんだ。

「教えたりな。わざわざ東京からきたはるんやで」

客がいった。

「しゃあないな。待っとって――」

店員はいって「ロマンロード」の中に入っていった。奥にいた別の店員とふた言み言話すと、大きな台帳のようなものを広げた。

「――何乗ってますねん」

それを見守っていた葛原に客が訊ねた。人なつこそうな顔をした若者だった。

「え？」

「バイク、乗ってますのやろ」

「私ですか……。それが今、中型の免許とりに通っているのですけど、なかなかとれなくてね」

葛原は情けなさそうにいった。若者は白い歯を見せた。

「ちょっと遅いわな。バイクやるんやったら、やっぱり若いうちにとっとかんと……」

「まさかバイク雑誌に配属されるとは思わなくて。もともと兄弟会社の釣り雑誌にいたんですよ」

「それやったら何も知らんでも無理ないわな」

若者は苦笑した。

店員が戻ってきた。メモ用紙を手にしている。

それを受けとり、葛原は頭を下げた。

「この錦木さんは、最近、お店におみえになりました？」

「見てないわ。もう半月くらいみえとらんのとちがう」

「そうですか。どうもありがとうございます」

葛原は二人に何度も頭を下げた。客の若者が笑った。

「ええよ。それより、免許、がんばりや」

「ありがとうございます」

車に戻ると北見が首をふった。

「まったく……。ここから見ていても、葛さんの芝居には驚かされますよ。まるでちがう雰囲気になっちまうんだもの。なんかおどおどしてて、情けなさそうな中年のオッサン、って感じで……」

「その通り、中年のオッサンさ」

「よくいいますよ。それは？」

「たぶんドライバーのひとりの、住所と電話番号だ」

北見は啞然とした顔になった。

「どうやったんです？」

「ツキだな。大阪の若者は、東京からきた情けない中年のオッサンに親切なのさ」

「参ったな」

葛原は、米島に錦木の住所を調べるよう告げて、時計を見た。

「天王寺駅にいこう。我々のボディガードと対面の時間だ」

「頼りになるのがきているといいですがね……」

いって、北見は車をスタートさせた。

8

天王寺駅近くの駐車場に車を入れ、葛原と北見は、あらかじめ決めてあった喫茶店に入った。ちょうど昼食どきで、奥に細長い店内は混みあっている。

河内山によれば、葛原らのボディガードとして用意された人間は二名で、向こうで葛原らを見つける、ということだった。

二人が入口に近いレジの前に立つと、

「すんません。満席なんですわ」

黒服を着た男が頭を下げた。

「時間をまちがえましたかね」

北見が囁いた。それには答えず、葛原は店内を見渡した。刑事を嗅ぎつけるのは慣れている。

入口に近い席で突然、白い手がふられた。

「参ったな」

北見がつぶやいた。

手をふっているのは、二十代後半と思《おぼ》しい女だった。向かいにスポーツジャケットを着けた三十四、五の男が腰かけている。

女の目は葛原の目をとらえていた。葛原は無言で歩みよっていった。

「葛原さんですね」

明るい表情で女はいった。色白で、目の下にソバカスがある。紺のミニのスーツを着ていて、健康的な太腿がのびていた。

「そうです」

「初めまして、咲村《さきむら》です。こちらは大出《おおいで》さん」

どうも、といって葛原は頭を下げ、二人を観察した。大出は眼鏡をかけ、髪を七・三に分けた、目立たない印象の男だった。チェックのスポーツジャケットの下はポロシャツで、胸のあたりの盛りあがりから、着痩せする体質なのだろうと葛原は思った。

咲村の方は、女だということもあるが、警官らしくない華やかさがあった。決して派手であるとか、目を惹くほどの美人というわけではないが、大柄のせいもあって周囲を和ませるような存在感がある。

「北見です」

北見が名乗ると、大出が静かな声で訊ねた。

「ここまではどうやって？」

「車です。新大阪でレンタカーを借りました」

「じゃ、いきましょう。ここは混んでますし」

咲村がいい、立ちあがった。大出も頷いて伝票をつかんだ。大出の喋り方にはわずかに関西弁の訛りがあるが、咲村にはなかった。

大出が勘定を払うあいだ、三人は店の外にでて待った。

咲村が刑事らしくないのは、人に対する目の向け方にも表われていた。刑事は一度会った相手の顔を覚えるため、正面から直視する癖がある。それは手配中の容疑者を発見するのにも役立つ。

だが咲村はちがっていた。二人を離れ、ショウウインドウに飾られた女ものの洋服を熱心に見つめている。ミニに見えたスカートは、キュロットだった。スーツの下は白のブラウスで、肩からは少し大きめのショルダーバッグをさげている。

「お待たせしました」

大出が喫茶店の自動ドアをくぐって出てきた。着痩せするように思えたのは、その少し大きめなジャケットのせいだった。脇のふくらみはほとんど目立たないが、拳銃をつけているとわかった。咲村は、もし持っているなら、バッグの中だろう。

四人は無言で足早に歩き、駐車場に止めてあったレンタカーに乗りこんだ。葛原と北見が前、大出と咲村が後部にすわる。

「所属を」

葛原はシートベルトを締めながらいった。

「二人とも府警警備部警護課です」

大出がいった。

「警護課。少年課かと思ったよ」

北見がつぶやいた。

「フルネームと階級を」

「大出圭《けい》。土ふたつの圭。巡査部長。彼女は――」

「咲村恵《え》美《み》子《こ》。同じく巡査部長です」

「二人ともそんな丁寧に話さなくていい。四人で互いに敬語を喋りあっていたら、かえって目立つ」

「わかりま――わかった。あなたたちには協力するよう、いわれている」

「誰から？」

「上」

「上って？」

大出は沈黙した。

「まあいい。河内山とは話したのか」

「はい」

咲村が答えた。身分を告げても、声の明るさは消えなかった。

「どれくらい話を聞いている？」

「全部です」

ことなげに咲村はいった。

「全部？」

「ええ。全部話していただかなければ、任務につけませんからと、河内山さんには申しあげました」

「珍しいな」

「命がけですもの。当然でしょう」

咲村は平然としている。大出の顔に、やや焦りがあった。

「我々のことは？」

「聞きました。お二人だけですか」

大出がいった。

「敬語」

葛原は短くいった。

「あ。二人だけか」

「今のところはな。我々について何といわれている」

「協力して、身辺を警護せよ」

「それから？」

「それから、というのは？」

大出が訊き返した。

「監視せよ」

咲村がいった。葛原はふりかえり咲村を見つめた。

「正直だな」

「警護する対象の信頼を得なければ、仕事はつとまりませんから」

今度はにこりともしなかった。

「拳銃は？」

「もっています」

大出も頷いた。

「射撃に自信は？」

「二人とも上級だ」

大出がいった。

「人を撃ったことは？　あるわけはないな」

沈黙している二人に葛原はいった。咲村が口を開いた。

「いっておきたいのですが、拳銃の使用は極力避けるよう、上司からいわれています。わたしも大出さんもそのつもりです」

葛原は頷いた。

「けっこうだ。我々も撃ち合いに巻きこまれたくない」

「じゃあ、拳銃は最終手段ということで合意ですね」

咲村がいい、にっこりと笑った。

明るすぎる、葛原は思った。この咲村という婦人警官は、頭の回転もいいし、態度にものおじしたところがない。それが気になった。経歴を大切にする警察官にとって、こうした変則的な任務は好ましくないものの筈だ。逐一上司の判断を仰げるわけではない以上、何かがあれば自分の経歴にすべてかかわってくる。不安を抱き、距離をおこうとして当然だ。大出にはそれが見られるが、咲村にはない。

「これからどこへいきます？」

北見がいった。

「北見さん、いくつ？」

咲村が訊ねた。

「え？　二十九」

「じゃ、わたしと同じだわ。今年三十？」

「いや、二十九」

「あら、お姉さんね」

北見が苦笑を浮かべ、葛原を見た。

「まず豊川のアパートにいく。道を案内できるか」

「もちろん」

咲村が答えた。北見が車をだした。

「何もないと思う。一課の話だと、写真や書類のような物《ぶつ》は、根こそぎいかれていたらしい」

大出がいった。

「誰がやったのかな」

「国家安全部だろう。ちがうのか」

敬語を使わないで喋ることに慣れてきたようだ。

「たぶんな」

「試したのよ」

咲村が大出をいさめるようにいった。

携帯電話が鳴った。

「はい」

葛原はヘッドセットに返事を送った。

「米島です。ランデブーは？」

「完了」

「ごっついのがきました？」

「いや。ひとりは美人のお姉さんだ」

「へえーっ、驚き」

明るさが米島にも戻ってきた。

「錦木の住所がわかりました。豊川のところからはけっこう離れてます。向かっているんですか」

「いや、錦木はあとだ。豊川の方に先にいく。ガイドはいらない」

「了解」

電話を切ると、大出が訊ねた。

「錦木というのは？」

「豊川と親しかった男だ。たぶん成滝のチームの運転手だな」

大出があわてて手帳をだした。

「メモはやめておけ」

「報告がいるの」

咲村がいった。

「誰に？」

「河内山さんよ」

「頭に入れておけ」

「なぜ？」

「あんたたちが安全部につかまったとき困る」

「そんなことになると？」

大出がむっとしたようにいった。

「俺たちの商売は臆病者でなけりゃ、やっていけないんだ」

「そりゃそうね」

咲村がおもしろがっているようにいった。大出は不承ぶしょう、手帳をしまった。

「あ、そこの信号を左へいって」

咲村が指示をだした。

「アパートの前は広い道か」

葛原は訊ねた。

「そうね。片側一車線」

葛原は北見にいった。

「一回通りすぎてくれ」

「了解」

葛原はうしろの二人に訊ねた。

「豊川のアパートは監視しているのか」

「もちろんよ」

「外せ」

「どうやって」

「直通《ホット》ラインがあるだろう。上との」

咲村と大出は顔を見あわせた。

「なぜ?」

「なぜでもだ」

咲村が大げさなため息をついて、膝の上においていたショルダーバッグの蓋を開いた。携帯電話をつかみだす。

大出は無言だった。

番号を押し、咲村は携帯電話を耳にあてた。目は横を向き、外の景色を見ている。

「その先の右側にある四階建ての建物よ――あ、もしもし、咲村です。……はい、それは完了しました。で、取引先からの依頼で、阿倍野区のアパートの方、監視を外してほしいそうです――」

咲村は相手の言葉に耳を傾け、

「今すぐ？」

と訊ねた。北見の運転する車は、豊川のアパートの前を通りすぎた。路上駐車が、付近には何台もあった。ひと目で刑事たちの乗った車がわかった。シルバーのセダンで、アパートの斜め向かいに止まっている。

「そうだ」

葛原は答えた。警察の監視を外させたのは、安全部が張りこみを残していないかを知るのと、葛原たちの写真を警察に撮らせないための、ふたつの理由からだった。

警察庁は当然、葛原らの写真を手にしている。だからこそ咲村には葛原がわかったのだ。といって、大阪府警にまで自分たちの顔を教えてやることもない。

北見が車を一周させ、豊川のアパートまで戻ってくると、刑事たちの車は消えていた。葛原は今度も、車を止めさせず、あたりを観察した。

警察の張りこみには、安全部の工作員たちも気づいたのか、豊川のアパートを監視しているような人間は他に見当たらなかった。

二度目に戻ってきたとき、葛原はアパートの前に車を止めさせた。

「北さんは車に残っていてくれ」

告げて、葛原はうしろをふり返った。

「どちらかひとり、つきあってもらおう」

「わたしがいくわ」

咲村がいって、ドアを開いた。葛原は頷いた。

歩道に降りると、葛原はあたりを見回した。小さな商店街が、数百メートル先にある。アパートの一階には、コインランドリーと熱帯魚屋が入っていた。

「前もここにきたことはあるか」

「今朝」

咲村は表情を変えず、いった。

「上司と？」

「大出さんと。わたしがいこうっていったの。なるべく関係する場所を知っておいた方がいいから」

葛原は息を吐いた。

「豊川の部屋は？」

「三階の右端。鍵はもってるわ」

「いこう」

建物の端にある階段を二人は登った。踊り場には五〇ccのバイクや自転車がごちゃごちゃと止められている。

「今の課は長いのか」

階段で葛原は訊ねた。

「SPは一年半」

「その前は？」

「あちこち」

「あちこちね」

「今の仕事は長いの？」

咲村は落ちついた口調で訊ねた。

「秘密だ」

咲村は唇の端に皮肉めいた笑みを浮かべた。

「返事してくれただけマシかしら?」

「もともと大阪の人間じゃないな」

「言葉のこと? SPはうるさいのよ。標準語を喋れって」

三階の廊下には四枚のドアが並んでいた。

「三階は全員、独り者の勤め人で、昼間はいないわ。豊川がいなくなってから異常に気づいた人間はいない。家捜しをした連中は昼間にやったのね」

豊川の部屋の前に立った。ドアに、こじ開けた跡はない。豊川から奪った鍵で侵入したようだ。

咲村がバッグからだした鍵で、ドアを開いた。抜いた鍵をしまった右手は、すぐにはバッグからは現われなかった。

「待っててね。一応、役目だから」

葛原の前に立ち、左手でドアを開いた。よごれた三和土《たたき》と部屋の中が見えた。泥まみれのバイク用ブーツとビーチサンダルが三和土にはあった。

部屋は二間あった。手前が板張りの四畳ほどで、奥がカーペットをしいた六畳だ。カーテンが閉まったままで薄暗い。それでも室内が荒らされていることはひと目でわかった。六畳の隅にベッドがあり、投げだされた洋服が重なっている。

「誰もいないわね。どうぞ」

バッグから手を抜き、咲村は葛原に道を譲った。

板張りの部屋はダイニングだった。たいして数のない食器がすべてテーブルの上にでて、食器棚は空になっている。グラス類などを壊したようすはない。

奥の部屋は、小さな座卓とクッション、テレビ、ベッド、そして押入だった。座卓の上に、ファックス付の留守番電話がある。

本棚からひきずりだされたバイク雑誌が床には散乱していた。その中に、「バイクマガジン」もあった。

「とことん荒らしたようよ」

咲村は部屋の中央で腕組みしていった。かたわらに立った葛原は室内を見回した。

ベッドのシーツもはがされ、ベッドマットにも切りこみが入っていた。やったのがただの空き巣ではないとすぐにわかる。「秘密」を捜す訓練を受けた人間の手口だ。

「写真のアルバムがあったけど、中身はほとんどもっていかれていたわ。残っていたのは、家族時代の写真だけ」

葛原は電話機に目をとめた。留守番電話になっているが、録音はない。

「わたしがリセットしたの。それまで入っていたテープは鑑識にあるわ」

葛原は咲村を見た。捜査の経験がある。

電話機にはオートダイヤルが備わっていた。葛原はひざまずき、「オンフック」のボタンを押した。

発信音がスピーカーから発せられた。オートダイヤルは「1」から「5」まである。

「1」を押した。短縮されたプッシュトーンが流れでた。咲村がすっと息を呑んだ。

「馬鹿みたい。気がつかなかった」

「一課が入っていたら気づいていたさ。メモを」

葛原はいった。電話機の液晶窓に番号が浮かんだ。大阪市内のものだ。

呼びだし音が鳴った。数度鳴ったところで、相手の受話器があがった。

ファックスの信号音が流れでた。葛原は「オンフック」のスイッチを切った。

あらためて「オンフック」にして、オートダイヤルの「2」を押した。

呼びだし音が鳴った。三度ほど鳴ったところで、

「はい」

と女の声が応えた。葛原はスイッチを切った。

オートダイヤルは「3」までセットされていた。「3」は延々と呼びだしをつづけたが、
応答はなかった。

「住所を割りだせるか」

「全部大阪市内だわ。できると思う」

葛原は頷いた。

「じゃあいこう」

「これだけ?」

葛原は咲村を見た。

「他には何も見つからなかったのだろ」

「それはそうだけど――」

「調べるのはそっちの仕事だ。それにここでいくら時間をかけても、林は見つからんさ。豊川は、林には会ったこともなかっただろうからな」

咲村は怒ったようすもなく、メモ帳をバッグにしまった。

二人は下で待たせていた車に戻った。

「何かわかったか」

大出が訊ねた。咲村が返事のかわりに携帯電話をとりだした。

「錦木のところへいこう」

いって、葛原は米島に携帯電話をかけた。後部座席では咲村が三つの電話番号を相手に伝えている。

教えられた錦木の住所は、住之江区の西住之江だった。

「阪神高速の住之江の入口に近いね。目と鼻の先じゃないかな」

米島がいった。錦木がプロのドライバーなら、道路事情のよいところに住んでいるのは当然だ。といって、自分名義の車を「仕事」で使っていた筈はない。

「電話番号の持主はいつ判明する？」

「NTTの幹部と話をつけるから、すぐには無理ね。ふつうは令状がいるのだから」

咲村がいった。

「一本一万円で調べてくれるルートもある」

「知ってるわ。高利貸しなんかが使っているところでしょう」

葛原は頷いた。北見がいった。

「今は、本当に危《やば》い連中は、使い捨ての携帯電話をもってるよ」

「あなた方もそうなの」

北見がむっとした。葛原は素早くいった。

「俺たちはそんな悪人じゃない。ただの宅配便だ。いつも犯罪者を運んでいるわけじゃないし」

「そう？」

「あのね」

北見が少し大きな声をだした。

「俺らがそんなにワルだったら、あんたたちにボディガードを頼むわけないだろう。やくざや人殺しは大嫌いなんだ」

「成滝についてどのくらい知ってる」

話を変えようと葛原はいった。

「何も。『成滝グループ』という名前だけよ。写真もないわ。ただこっちじゃ、手配を受けた連中が、金さえあるなら成滝のところへいく、といわれているの」

「あいまいだな」

「ツナギがいるのだろうけれど、それもわからない。〝逃がし屋〟の存在は、薄々気づいていたのだけれど――」

つまりそれだけ腕が立つ、ということだ。「成滝」は一種の記号にすぎない。〝逃がし屋〟が、仕事を特定されたら商売にならない。

「やくざのあいだでは、前からそういうのがいるといわれてた」

大出がいった。葛原はふり返り、いった。

「成滝はたぶん、やくざとはかかわっていない」

「どうして」

「プロの〝逃がし屋〟は、やくざとはかかわらない。金がとれないし、奴らは喋るからな」

「やくざは客にならないのか」

「やくざにはやくざのルートがある。それに客を募るような〝逃がし屋〟はたいした仕事をしない」

「高いのね、きっと」

咲村がいった。葛原は答えなかった。

「いくらくらいとるの？」

「秘密だ」

車が住之江区に入った。ヘッドセットに米島の声が流れこんだ。米島は、車内のやりとりを聞いている。

「住之江って、東京でいう江東区や江戸川区みたいだ。端っこだし、海に近い」

「海はどっちの方角なんだ」

「今向かっている進行方向にまっすぐいくと、大阪湾だよ」

「左は？」

北見が訊ねた。

「南は堺市。それよりどんどん南下すれば和歌山県」

「和歌山か……」

北見がつぶやいた。

「昔、伊勢神宮にいったっけ」

「それは三重県よ」

「それは三重！」

咲村と米島が同時に訂正した。米島の声は、葛原と北見にしか聞こえない。

「え、そうだっけ」

「関東の人はよく勘ちがいするわ。同じ紀伊半島だからかもしれないけれど、東側の海よりが三重で、西側が和歌山よ。ふたつにはさまれた内陸部が奈良」

「京都はどこにあるんだい」

「奈良の上、北」

米島が答えた。

「だから海がないのか」

「京都には海があるわ」

咲村がいった。

「えっ。京都には海がないんじゃなかったっけ。内陸っていうだろ」

「それは都の京都。つまり京都市。京都府には海があるわ。若狭湾がそうよ。ただ山で遮られていて、簡単にはいけなかったの。特に昔はね」

「そいつは勉強になったな」

「じき、錦木のマンションだよ。コスモのGSが左手にある。その先の一方通行を左に入って、最初を左に入った右側のどこか」

米島が指示を出した。

「了解。一周しますか、とりあえず」

北見の問いに葛原は頷いた。豊川を拷問した安全部は、当然、錦木の名を手に入れている。監視態勢をとっていて不思議ではない。

北見は車を、指示のあった一方通行に進入させた。

「いたいた」

曲がってすぐに北見がいった。葛原も気づいた。窓にシールを貼ったバンが、錦木のマンションのある一方通行の入口に止まっている。

「ナンバーを控えるわ。読んで」

咲村がいった。北見が読んだ。大阪ナンバーだった。

「そのままマンションの前を通ろう」

葛原はいった。北見はハンドルを左に切った。

「またいますぜ」

北見がいった。

錦木のマンションは、地下に駐車場を備えた、かなり大きな造りの建物だった。そのエントランスの階段の手前に、別の車が止まっていて、かたわらで男が煙草を吸っていた。

「やけに人数が多いな。ちがうんじゃないか」

大出がいった。

「向こうからきた工作員ばかりとは限らんさ」

葛原はいった。北見が読んだナンバーを咲村が再びメモした。二台とも大阪ナンバーだった。

「調べればわかることだわ」

マンションの前を車は通りすぎた。

「どうする？　中に入れば、連中に気づかれるぞ」

大出がいった。

「入って、成滝の手がかりは得られると思う？」

見張りから目の届かない位置に達するのを待って、携帯電話をとりだした咲村が訊ねた。

「錦木がプロなら、部屋には手がかりはない」

「当然だね」

北見があいづちを打った。

「おいてあるとすれば、それは囮《おとり》だ」

「囮？」

「今回の場合、成滝は、かなり荒っぽい連中が追っ手にまわることを予想している。そいつらの目をくらますために囮を動かすんだ」

「じゃあ調べても無駄ということ?」

「いや。知りたいこともある」

「何?」

「錦木の車だ。当然、奴は自分の車を持っているだろう。その車が駐車場にあるかどうかを知りたい」

「だって、自分の車を使わないでしょう。プロなら」

「そうだ。どこかで自分の車を仕事用の車に乗りかえている筈だ。たぶんそれは長期の駐車が目立たない、契約駐車場だろう」

「それで?」

「その駐車場を見つけたい」

「何の役に立つの?」

「駐車場の近くに中継基地がある」

「中継基地?」

葛原は息を吐いた。手のうちをさらすことになるが、この捜査には警察の協力が欠かせない。

「成滝はまずまちがいなく、囮——俺たちはデコイと呼ぶ——を動かしている。デコイには敵の目をくらますと同時に、アンテナの役割もある。敵がデコイに接触してくれれば、その陣容や、敵がどれだけこちらに近づいているかを判断することができる。もちろんデコイには、こちらの居どころを教えない。つまり、デコイとは直接連絡をとらない、ということだ。そのためには情報をやりとりするための基地がどうしても必要になる。そしてそこをつきとめれば、成滝がどう動いているかを知ることができる」

咲村は低い声でつぶやいた。

「プロっていうのは、そういうことをするのね……」

「囮はひと組なのか」

大出が訊ねた。その間に咲村が携帯電話を使って自動車ナンバーの照会を始めた。こちらの方は電話番号とちがい、コンピュータですぐに割りだせる。

「いや、この仕事は成滝にとっても命がけになるとわかっていた筈だ。デコイがひとつということはありえない。ふた組は動かしているだろうな」

葛原はいった。

「どこからそんなのを連れてくるんだ。囮だって命がけだろう。わざと見つけられるようにするのは、殺されるのを覚悟してるってことじゃないか」

「わかっていればな」

「わかっていれば？」

「たとえば求人雑誌で拾ったアルバイトに、ダンボール箱か何かを積んだバンを預けて、何月何日までにA地点、何月何日までにB地点にいけ、と送りだしたって、充分立派なデコイになる。あとはその車の情報が追う側に流れるようにすればいい」

「それじゃ、囮は何も知らないで襲われるわけか」

大出は声を詰まらせた。

「そうだ。何かを知っていたら囮にはならない。ただし、デコイをアンテナにするときは、ひとりは事情を知っている人間をつける。そうでなければ、追っ手の情報がつかめない」

「あなた方もそういう手を使うの」

電話を終えた咲村が訊ねた。

「デコイのことか。使うときもある」

「やっぱり何も知らない人が犠牲にされるわけ?」

咲村は冷ややかにいった。

「デコイを使うときは、葛原さんがその役をするんだ」

我慢できなくなったように北見がいった。

「よけいなことはいわなくていい」

葛原はいった。咲村が息を吸いこんだ。

「ナンバーはどうなった」

葛原は訊ねた。

「二台とも在団よ」

　咲村が答えた。

「やっぱりか」

　大出がつぶやいた。

「厄介なのがでてきたな」

「何です？」

　北見が訊ねた。

「『在日本人民団体』だ。日本に住んでいるあの国の人間の権利擁護のための公的団体さ」

「なぜそれが動いているんです？」

「在団には、『在団特務』という特別なセクションがあるわ。表向きは、在団Ｖ・Ｉ・Ｐの護衛や私設秘書をすることになっているけど、向こうからくる工作員のアシストが本当の任務よ。大半は、本国に留学経験があって、スパイ教育を受けている」

　咲村が説明した。葛原は咲村をふり返った。咲村が葛原の目に気づいた。

「なに？」

「いや」

　咲村の、ＳＰの前の仕事に葛原は思いあたった。公安だ。だが葛原の知識では、公安からＳＰへの異動というのは珍しいことだった。公安時代によほどヘマをおかしたか、何か特別な理由がなければ、ＳＰへは異動しない。

「すると連中は工作員みたいなものってことですか」

北見がいった。

「そうよ。たいてい拳法や空手の有段者だわ」

「うへ」

「国家安全部は、在団特務の協力も仰いでいるというわけだ」

葛原はいった。

「どうします？」

「錦木名義で登録されている車をまず調べてくれ。それがあのマンションの駐車場にあるかだ」

「待って――」

咲村が電話に向かった。北見は車を停止させず、しかし錦木のマンションからはあまり遠ざからないようにぐるぐると走り回っている。

「俺、東京でよかったよ」

米島がヘッドセットの中でいった。

「そんなおっかなそうなのとやりあいたくないもの」

「俺だっていやだよ」

北見が答えた。

大出は無言で手帳の表紙をいじっていた。メモをとりたくてしかたがないようだ。

やがて咲村がコンピュータからの答をひきだした。

「わかったわ。錦木名義で登録されているのは、四輪が一台、単車が一台よ。四輪は、イギリス製デイムラーの九二年型。単車はドイツ製ＢＭＷ。色は、デイムラーが濃紺。ナンバーは――」

読みあげた。葛原は大出を見た。

「もしあのマンションの駐車場にそのどちらかがなかったら、市内で捜すことはできるか」

「どういう意味だ」

「どこかの駐車場に止まっているのを、交通課に捜させるのさ」

「無理だ。市内だけでどれだけ駐車場があると思う。それに立体駐車場だったら車を見ることはできないんだ」

「立体は使っていない」

「なぜわかる」

これもまた手のうちをさらすことになる。

「どうしてもだ」

立体の駐車場では、荷物だけを積みおろしするのがひどく不便だ。それに立体駐車場には操作員が必要なため、二十四時間営業が困難である。

「――だとしても難しい」

大出は首をふった。

「とにかく車があるかどうかを調べましょう。それからよ」

咲村がいった。

「でもあいつらはどうするの？」

北見が訊ねた。

「わたしたちを成滝の一味だと疑わなければ何もしないわ」

「所轄にいってミニパトをださせるんだ。連中は二台とも違法駐車をしている。うるさくして連中の気を惹き、そのあいだに中に入る」

葛原はいった。

「わかったわ。わたしがひとりでいく。女ひとりの方が目立たないから」

咲村がいうと、

「かっこいい」

米島がヘッドセットの中で感嘆した。

「いや、それはまずい。いくなら私がいく」

大出がいった。葛原は首をふった。

「彼女の方がいい。昼間のマンションに出入りするなら女の方が自然だ」

「しかし――」

「騎士道精神はなしだ。これは仕事だ」

葛原は冷ややかにいった。大出は葛原をにらみ、沈黙した。

咲村がパトカーの出動を依頼した。ほどなく、違法駐車への警告をスピーカーから流しながらミニパトカーがやってきた。錦木のマンション近くまでくると速度を落とし、止まっている車、一台一台のナンバーを読みあげながら移動を勧告し始める。

ミニパトを追うようにして、少し離れた位置に北見が車を止めた。

「いってくるわ」

咲村が車を降り、歩きだした。大出は憮然とした表情でそれを見送った。

ミニパトはちょうど錦木のマンションの前で止まっていた。エントランスの階段を咲村は早足で登っていった。止まっている車のかたわらにいた男がそれを見あげ、ミニパト車内の婦警から声をかけられてひき戻された。

「SPの前はどこにいたんだ」

葛原は大出に訊ねた。

「機動隊だ」

大出はぼそっと答えた。

「じゃあ彼女とはちがうな」

「適性のある者をいろいろなところから集めるんだ」

大出は誇りの感じとれる口調でいった。

「彼女は警護より捜査の方が向いているように見えるがな」

大出の顔が変化した。よそよそしさの混じった表情になった。

「自分で希望してSPにきたそうだ」

「希望してこられるものなのか」

「さあな。ふだんの配属がちがえば、同じSPでもあまり話さない」

葛原は頷いた。咲村には、どこか妙なところがあった。ひとつはその率直さだ。いくらチームを組むことになったからといって、態度にこちらへの警戒心といったものがまるで感じられない。明るさともとれる言動は、いくら性格的なものがあるとしても、この場には不自然である。

葛原には、咲村のあの率直さは、心の中に存在する屈折を隠すためのものであるように思えた。

それが何であるかはわからない。また、わからなくとも別にかまいはしない。

そのことが今後のチームワークのマイナスにさえ、ならなければ。

9

咲村は約十分ほどで錦木のマンションをでてきた。在団特務の目の届かない位置で、北見は咲村を回収した。

「デイムラーはなかったわ。バイクの方はカバーをかけて、駐車場の端においてあったけど。それからマンションの中には監視はいない。部屋の前までいってみたけど、特に異常はなかったわ」

「ひとりでそれはやりすぎだ」

大出がいった。

「危険すぎる」

「あら、大丈夫よ。いざとなったら手帳見せればいいもの。在団特務だって警察官には手をださないわ」

「国家安全部の工作員はそういうわけにはいかない」

葛原はいった。

「それに成滝にも今は我々のことを知られたくない。今後は勝手な行動は慎んでくれ」

「それは命令ですか、葛原さん」

咲村は応えたようすもなくいった。

「俺には、あんたに命令する資格はない。ただあんたたちが上司にいわれたことは守ってもらいたい」

咲村はふうっと唇をとがらせ、息を吐いた。

「わかりました。で、今後の行動は？」

「デイムラーを捜してもらう」

「本気なのか」

大出はあきれたようにいった。

「本気だ」

葛原は時計を見た。午後三時を回っていた。

「連絡を急いだ方がいい。夜になると、駐車している車の数が増えるし、見分けるのにも時間がかかるようになる」

大出は首をふり、ふところからとりだした携帯電話のボタンを押し始めた。

「人海戦術が使えるのは、今のうちだけだ」

葛原はいった。

「それでその間、わたしたちは何をするの」

「何も」

「何も、とは？」

「今はまだ何もできない。豊川の電話に登録されていた番号の所有者がわかるまでは」

「そんなのってあるの」

大出の、上司とのやりとりが聞こえ始めた。案の定、馬鹿なことをいうな、と一喝されたようだ。大出はしどろもどろになりながらも、懸命に説得している。

「かわいそう」

咲村がいった。

「かわいそう？　そんならあんたがかわってやったらどうだ」

葛原はいった。

咲村の目が冷ややかになった。

「警察が嫌いなのね」

「別に」

「当然よね。敵ですもの」

「敵だとは思っていない、今は。ただ好きになる機会がなかった」

咲村は息を吸いこんだ。

「心にやましいことのない人は、警官を恐れないわ」

吐きだすようにいった。葛原は咲村を見つめた。

「警官はまちがいを絶対におかさない？　警察は百パーセント信用できる組織か」

葛原の視線をまっこうから受けとめていた咲村の目に揺らぎが生じた。瞬きをし、やがてくやしそうに横を向いた。

「完全な組織、完全な人間なんていやしないわ」

「そうさ。だが人は過ちを認めても、組織は過ちを認めない」

「だから？」

咲村の声は硬かった。

「別に。別に何も。ただそれだけだ。俺は警察を恐れてもいないし、嫌ってもいない。ただ信じていないだけだ」

だが運命は恐れていた。警官の出現によってひき起こされる、自分の運命の変化を――葛原は思った。

「警官に昔、嫌な目にあわされたことがあるの？」

「忘れた。たとえあったとしても、警察相手に恨みを晴らそうと思うほど馬鹿じゃない」

咲村はため息をついた。

――はい、よろしくお願いします、という大出の声が車内に響いた。通話スイッチを切り、大出は葛原をにらんだ。

「本部長に至急はかるそうだ。本部長がうんといえば、府警管内に至急報が下る」

「けっこうだ」

葛原はいった。

「すごいですね、葛さん。警察のお偉いさんを動かしてるんだ」

米島の声がヘッドセットの中で響いた。大出と咲村には聞こえない。

「――連中をひっかけるという手はどうだ」

大出がいった。

「連中？」

「在団特務の見張りだ。ひっかけて叩けば、何かでるかもしれない」

「人権問題や国際問題をもちだされてもめるだけよ」

咲村がいった。

「それに奴らをひっぱっても、成滝の動きはつきとめられない」

「――とりあえず、どこへ向かいます？」

北見が訊ねた。

「腹が減ったな」

葛原はいった。

「どこかで腹ごしらえをしよう。せっかく大阪にきたのだから、うどんでも食べるか」

大出と咲村は顔を見合わせた。

「いいですね。大阪のうどんて、一度食いたかったんですよ」

北見が答えた。


近くの路上に車を止め、アーケードになっている商店街に入った四人は、うどん屋を捜した。簡単にうどん屋は見つかった。

東京では蕎麦屋によくある、木造の建物だった。

東京生まれの北見には、透き通ったつゆは、初めて見るもののようだった。味があるのかな、とつぶやいて、ひと口すすった北見は、

「あ、うまいや。これ」

と声をあげた。

北見とのコンビで、あちこちを移動したが、考えてみると、店に入ってゆっくり食事をとるようなことはなかった。時間的にも精神的にも、そんな余裕のある旅ではない。

葛原本人は、両親と暮らしていた頃、西日本を移動することが多かったように思う。だが、それぞれの地域文化と触れることはまれだった。一座なら一座だけの、閉鎖的で限られた共同体の中で育った。

外の世界にでたとしても、敵視されいじめられるか、せいぜいが珍しがられるくらいだ。

そういう点では、他人には簡単に心を許さない部分が小さな頃からずっと、葛原にはあっ

た。

そのかわり、ひとたび〝仲間〟として認めてしまった者に対しては、全財産を与えても惜しいとは思わない。

初めてそういう気持を他人に抱いたのは、久保洋輔に対してだった。皮肉にもその久保は今、葛原を憎みぬいている。以来、葛原は他人への気持を表にだすまいと心がけていた。

だが、もし自分が原因で生じたこの事態で、チームの誰かに危機が及ぶようなことがあれば、葛原は命を張ってでもそれを食い止める。

それが、この共同体のリーダーたる自分の義務なのだと思っていた。

四人がうどんを食べ終える頃、咲村のバッグの中で携帯電話が鳴った。

「――はい、もしもし……」

応えた咲村が、相手の言葉を聞いて、

「ちょっと待って下さい」

店の外にでた。

「彼氏からの電話かな」

煙草を吸っていた北見がつぶやいた。

「いや。電話番号が割れたのじゃないかな」

大出がいった。電話で氏名を確認する際に、万一、うどん屋の他の客に知りあいがいることを警戒したのだろう。

「いこう」

葛原はいって立ちあがった。勘定は大出が払った。領収証は請求しなかった。

店の外にでると、メモを手にした咲村が待っていた。

「電話番号が割れたわ」

「歩きながら聞こう」

葛原は車を止めた方角を示した。四人は歩きだした。

「ファックスになっていた、短縮の『1』は、西成区花園北の『花園タイプ印刷』という会社のものよ」

「書類屋だな」

葛原はいった。

「『2』は、阿倍野区松崎町のアパートに住んでいる畑谷加奈子《はたやかなこ》という女性名義。『3』は、天王寺の『ルージュ』というスナックの番号」

「畑谷加奈子も、『成滝グループ』のメンバーかな」

大出がいった。

「か、豊川の恋人か。その場合は、『ルージュ』というスナックは、畑谷加奈子の勤め先だな」

葛原は答えた。四人は車に乗りこんだ。

「まずどこへいく?」

咲村が訊ねた。

「全部の住所を」

葛原は手をだした。うけとったメモを、ヘッドセットに向かって読みあげた。うどんを食べている間は外して、車の中におきざりにしていたのだ。米島の方は、自宅でスピーカーに接続しているため、無音の状態がつづいても、気にはしない筈だ。

「地理的には阿倍野区が近い。天王寺と西成区は、そこから同じくらいだ」

大出がいらだったようにいった。

「スナックはどのみち今の時間は営業していないわ。それに畑谷加奈子は電話にさっきでたじゃない」

咲村がいった。

「畑谷加奈子名義で借りられたアパートが、『成滝グループ』のアジトだってこともあるのじゃないか」

大出が少し興奮した口調になった。

「もしそうなら、安全部の連中はとっくにアジトを襲っている。アジトには連絡中継係がいる。結果、林はつかまっているだろうな」

葛原はいった。

「あんたはここも連中には割れているというのか」

「たぶんな。スパイ工作の専門家なら、短縮番号を見落とすヘマはしないだろう」

「いっても無駄っていうこと？」

咲村が訊ねた。

「そうとは限らない。安全部のやり方しだいだ。襲って拷問、という手ではなく、泳がせて監視している場合もある」

「もしそうなら、我々も同じ手を？」

「それでは安全部より先に林に辿りつくことはできない」

「じゃあどうするの」

葛原は答えなかった。かわりに、北見に、

「阿倍野に向かってくれ」

といった。

畑谷加奈子名義の電話がおかれたアパートは、住宅密集地区の一角にあった。あたりは、車一台が通りぬけるのがやっとの路地が入り組んでいる。

地図を見ているらしい米島がいった。

「豊川のアパートと、最初のバイクショップをはさんだ反対側にあるんだ」

「このようすじゃ、錦木のマンションでのような、車からの監視は無理だな」

葛原は北見にいった。

「ええ。路上駐車なんかしたら道がつかえちまってクラクション鳴らされるのがおちです」

「『丸山コーポ』っていったよね。住宅地図だと、今いるあたりなんだけど……」

米島の声が耳に流れこむ。

「ないぞ、そんなの。アパートはあるけど名前がちがう。どっち側？」

北見が訊ねた。

「今走っている一通の右」

「右？　一軒家ばっかりだぜ。古いんじゃないの。そっちの地図」

「待って」

咲村がいったので、北見はブレーキを踏んだ。

「今の家のところに、細い道があったの。奥にアパートみたいな建物があった」

咲村の声を聞いた米島がいった。

「そうかもしれない。『丸山コーポ』は、豊橋《とよはし》っていう家の裏側だから」

北見はルームミラーをのぞき、車をバックさせた。あたりには監視者とおぼしい人間や車の姿はない。

「確かに豊橋という表札はでている」

葛原はいった。わずか十五坪ていどの小さな二階家だった。あたりにはそういう家が軒を接するように建ち並んでいる。

「じゃその道の奥だ」

家と家のすきまのような部分に、人ひとりが通るのがやっとという〝通路〟があった。その奥に二階建てのアパートが建っている。

「引っ越しがたいへんそうなアパートだな」

北見がつぶやいた。

「どうする？」

大出がいった。

「まず所在の確認だ」

葛原はいった。咲村が無言で携帯電話をとりだした。畑谷加奈子の番号を押した。

「――あ、もしもし、高橋さんのお宅ですか？　どうも失礼しました」

通話を切った。

「いるわ」

「監視なんてどこにもいないぞ」

大出が窓の外を見回していった。

「豊川殺しの捜査はどうなっている?」

葛原は訊ねた。

「何だって? それがどうしたんだ」

「一課の刑事は動いているのか」

「――いや。今はストップしている筈だ。こっちの事項が最優先だからな」

「ならば、訊きこみにはいっていないんだな、あそこには」

「上からの命令で、全部触るな、ということになっている筈よ」

咲村がいった。

「じゃあ訊きこみだ。北さん、なるべくこのあたりにがんばっていてくれ。何かあったら飛びだしてくるから」

葛原はいって、助手席のドアを開いた。

「はいよ」

大出と咲村があわててドアを開いた。

「いきなりいくのか」

大出が驚いたようにいった。

「時間がない。確かめたいこともたいしてない」

葛原はいって、細い小路を歩きだした。

「待った」

大出が体を横にして葛原のかたわらを追いこした。

「そっちは真ん中を歩くんだ」

葛原はいう通りにして訊ねた。

「手帳はもってるな」

「もちろんだ」

「貸してくれ」

一瞬躊躇した。

「じゃあ提示するのはあんた、喋るのは俺だ」

「わかった」

丸山コーポは、鉄製の階段を外部に備えたアパートだった。横長の建物で、一、二階にそれぞれ四部屋がある。階段とつながった廊下には洗濯機や自転車などがおかれていた。

二階のいちばん奥がめざす部屋だった。

階段を登った葛原は、そのドアをノックした。

「――はい」

女の声が応えた。

「大阪府警の者です」

葛原はいった。

足音がして、ドアが開かれた。Tシャツにジーンズを着けた、色白の女が立っている。
二十七、八歳に見えた。
「畑谷加奈子さんですか」

女は一瞬、沈黙した。大出が警察手帳を示した。

女の顔に化粧けはなかった。葛原は女の体ごしにアパートの内部を観察した。

玄関に入ってすぐに右手が六畳ほどの台所だった。板張りで、奥にすりガラスのひき戸があり、閉じている。ひき戸の向こうは、別の部屋だ。

女の顔に目を戻した。

「加奈子は今、旅行にいってます。わたし、留守番を頼まれてて」

女がいった。

「いつからです」

葛原は訊ねた。

「一週間前。二週間、ヨーロッパにいく、いうて……」

「じゃあ帰国は一週間後？」

女は葛原の目を見つめ、頷いた。

「あなたのお名前は？」

「内田《うちだ》です」

「どういうお知りあい？」

「昔のバイト先がいっしょやって」

「天王寺のスナック？」

「いえ。その前。もう潰れてしもたパブ」

　女は淀みなくいった。

「ミナミの」

「留守番というと、猫か犬でも飼ってるの？」

「そうやなくて……。あの、わたしいっしょに住んでた彼氏とケンカして、いくとこあらへんで、それで加奈子に頼んで——」

「何か、身分を証明するようなものをおもちですか。免許証とか」

　葛原がいうと、女は目を伏せた。

「それが、全部彼氏のとこ、おいてきてしもうたん。かっときて、でてきたさかい」

「なるほど。豊川英志さんという方をご存じですか」

「加奈子の彼氏やろ。会《お》うたことないけど」

　女は何も知らないようにいった。

「会ったことがない」

「はい。あの、わたしずっと堺の方におったんです」

「加奈子さんの旅先での連絡先とかはわかりますか」

「全然」

女は首をふった。

「好きにしてたらええよ、いわれただけで——」

大出がほっとため息をついた。

「そう。どうもお手間をとらせました」

「いえ。なんかあったんですか」

「たいしたことじゃありません。加奈子さんが帰られる頃、またうかがいます」

「はい」

狭い三和土で葛原は踵を返した。女物のサンダルと黒いロウヒールがおかれている。

「——そういえば」

葛原はふり返った。

「加奈子さんとやっぱり仲のいい、『ルージュ』のホステスさんもこの辺りにお住まいですよね。確か、ケイ子さんとかいう——」

「ああ……。聞いたことあるけど……。会うたことありません」

女は首をふった。

「そうですか。どうもありがとう。お手間をとらせました」

背後でドアが閉まった。大出と咲村が緊張した表情に一変していた。だが葛原は二人を促し、廊下を歩いていった。

階段を下り、小路をくぐり抜けた。北見は通りにでた場所に車を止め、待っていた。

「何者だ、あの女」

車に乗りこんだとたん、大出が吐きだした。

「訛りに気づいたか」

葛原はふり返っていった。咲村が頷いた。

「途中でね。純粋な関西人じゃないと思ったけど……」

「おそらく日本人でもない」

「どういう意味だ」

大出が目をみひらいた。

「動くよ」

北見がいった。

「ああ」

車が発進した。

「畑谷加奈子も豊川英志と同じ道を辿ったということだ。おそらくアパートの風呂場かどこかに死体があるだろう。あの女は電話や訪ねてくる人物から『成滝グループ』の情報をひきだすためにおかれているのさ。室内にはもちろん他にも人間がいる」

大出が唖然としたように背後をふり返った。

「何だと」

「豊川を殺してしまったので、連中は手がかりのつぎ穂をなくしているのかもしれない。だからああして罠を張っているんだ」

「しかし……」

「国家安全部ならやりかねないわ」

「だが俺たちが部屋の中を見せてくれといったら――」

「そのとき我々三人は皆殺しにあったさ」

大出の顔から血の気が失せた。

「馬鹿な」

「それだけ奴らも必死だということだ。北さん、西成に向かってくれ」

「もう向かってます」

葛原は煙草に火をつけた。安全部の工作員も畑谷加奈子が豊川の恋人なのか、「成滝グループ」のメンバーなのかを確かめきれなかったのだろう。そこで加奈子のアパートに人をおいた。つまり、林と成滝のいどころを知る確実な情報はまだ手に入れていないのだ。

「すぐに本部に連絡をしよう」

大出が携帯電話に手をのばし、いった。

「今ごろはアパートをひきはらっているさ」

「じゃあなぜ、あのときいわなかった」

「我々の仕事は成滝と林のいどころをつきとめることで、国家安全部の連中との戦争じゃない」

「しかし殺人なのだぞ。あんたのいう通りなら」

大出は声を荒らげた。咲村も青ざめた顔をしている。

「そうさ。心配しなくてもいい。連中とはまたすぐ会える。成滝のあとを追っかけていけばな」

大出は目を閉じた。

「こんな物騒な任務だとは思わなかった」

「だから拳銃を用意しろといったのさ」

「すごく詳しいのね、連中のやり方に」

咲村がいった。

「別に。俺が連中だったらどうするだろうと考えてみただけだ」

「そう。口のききかたは本物の刑事みたいだったし……」

「物真似がうまいのさ」

「そういえば、ご両親は役者さんだったのよね」

北見が驚いたように葛原を見た。北見も初めて聞く話なのだ。

「俺の個人的なことはどうでもいい」

葛原は厳しい口調でいった。

車内は静かになった。やりとりが聞こえている筈の米島も何もいわない。

「米ちゃん、道を頼む」

息苦しそうに北見がいった。米島が指示を伝え始めた。事務的な口調だった。

西成の「花園タイプ印刷」は、JRと南海電鉄双方が乗り入れている新今宮駅に近い、雑居ビルの三階にあった。ビルは広い通りに面していて、人も車も交通量は多い。

ビルそのものは四階建てで、さほどの大きさはない。三階の窓ガラスに大きく「花園」「タイプ」「印刷」と書かれたシールが貼られていた。

「この会社も皆殺しですかね」

車を通りの反対側に止めた北見がいった。

「それは無理だろう。ここならいくらでも監視ができる。何も社員全員を殺す必要はない」

葛原は答えた。住宅地とちがい、路上駐車も多く、監視者が乗っているとしても、それをすべて見抜くのは難しい。

「葛原さんのさっきの話を考えていたら、なんだか気分が悪くなってきちゃいましたよ」

北見がビルの方角へ目を向けながらいった。それには答えず、葛原はいった。

「あの会社全体が書類屋だということはありえないな。たぶん経営者だけか、せいぜいその下の職人のひとりかふたりで、あとは何も知らないただの社員だろう」

「従業員は五、六人てところですかね」

しかたなさそうに北見がいった。葛原は頷いて時計を見た。

「じき五時だ。経営者が残ると仮定して、五時半くらいになったらいってみよう」

「また直接訪ねるの？」

「時間がないのだからしかたがない。ここが襲われたようすがない方が不思議なんだ」

豊川と畑谷加奈子を殺し、錦木のアパートに監視をつけている安全部が、この「花園タイプ印刷」だけを触らずにおいているのが、葛原には意外だった。

窓には明りがつき、ときおり従業員らしい人影が動き回っているのも見える。

安全部の工作員が短縮ダイヤルを見落としたのだろうか。かりにそうだとしても、豊川の口から聞きだした筈だ。

安全部にとって今や、唯一の成滝への手がかりは、この「花園タイプ印刷」だけだ。慎重にいこうということかもしれない。

葛原はふと疑問が浮かぶのを感じた。

国家安全部はなぜ、林忠一が成滝を日本でのガイドに選んだと知ったのか。

その疑問は、河内山も口にしなかった。

安全部は、成滝が林についていると知ったからこそ、豊川英志を拷問にかけたのだ。

「――そうか」

葛原はつぶやいた。北見が葛原を見た。

「何です？」

葛原は首をふった。それは逆に考えれば明白に答が見える疑問だった。

林忠一はなぜ、成滝を日本でのガイドに選んだのか。

成滝もまた、あの国の出身だからだ。成滝が危険や犠牲を承知でこの仕事を請け負ったのは、報酬が目的ではなかったのだ。

そのことを河内山は知っているのだろうか。

成滝は、祖国の重要人物である林のために、自分とその仲間の命を張っている。張っている相手もまた同国人だ。

それは葛原ら外国人が、手だししてはならない闘いなのではないか。彼らの祖国の存亡がかかった、重大な、だが決して表にはあらわれることのない闘いなのではないか。

もしそうなら、安全部のみならず、成滝もまた、葛原らの干渉を決して許さないだろう。同業者であり、法の同じ側に立つ者であるのに、その仕事の邪魔をするのみでなく、彼の人間としての根幹の部分に矢を放つような行為を、葛原らはすることになるのだ。

成滝がどんな人物であるかはわからない。

だが一流の逃がし屋ならば、ある種の完全主義者であることはまちがいない。受けた仕打ちに対して、何もせずに放置することはありえない。

葛原が逆の立場であればどうするか。

報復するだろう。必ず。

葛原は気持が重くなるのを感じた。

たとえ河内山が約束を守り、警察が葛原とその仲間のことを忘れたふりをしても、成滝はそうはいかない。自分の仕事を失敗させた張本人を、草の根をかきわけても探しだし、復讐するにちがいない。

袋小路だった。

この仕事を離脱しても、葛原らに未来はない。だが成功しても、葛原らは、復讐の矢面に立つことになるのだ。

10

五時二十分過ぎだった。咲村の携帯電話が鳴った。

「――はい」

咲村が答えた。「花園タイプ印刷」の入った雑居ビルの周辺には、どこもこれといった異常を感じさせるものはなかった。午後五時を過ぎ、駅への人の出入りが多くなっている。

葛原らが見つめている雑居ビルの窓も、明りが消されたところがあった。

「花園タイプ印刷」の窓には、まだ明りが点っている。ビルの玄関からは、監視を始めて以来、十人近くの人間がでていっている。入っていったのは、その半数にも満たない。

「はい!」

咲村の声が大きくなった。

「ご苦労さまでした!」

葛原は後部席をふり返った。咲村の頰が赤らんでいた。興奮を抑えた口調でいった。

「錦木の車が見つかったわ。淀川区の月極駐車場よ。発見した巡査が調査したところ、その駐車場は、近くの『淀川情報サービス』という会社がまとめて三台分借りているうちの一区画ですって。あとの二区画は空いているそうよ」

「そこが中継基地だな」

葛原はつぶやいた。

「どうするの」

「方法はいくつかある。慎重にいくのなら、まず盗聴器をしかけることだ。デコイも含め、動いている人間の情報はすべて中継基地にいったん入ってくる。それには無線か電話が使われている筈だから、傍受さえすればそれぞれの位置を推理できるかもしれない」

「かもしれない？」

大出が訊ねた。

「連絡には当然暗号が使われている。具体的な地名や人名はでてこない。だから、かも、しれないのさ」

「基地に踏みこんだら？」

咲村がいった。

「中継係から暗号をひきだせばいいわ」

「基地が攻撃にさらされれば、動いている人間たちはそれを知る。定時連絡や暗号などで異常事態の発生は確認できるからだ。そうなったらすぐに、成滝は中継係にも知らせていないルートを動くだろう。グループの頭脳は、成滝であって中継係ではない。成滝を押さえない限り、林は押さえられない」

「じゃあ意味がないってことか！」

　大出の血相がかわった。

「管内の交通課や警らの巡査を総動員して、やっと見つけたというのに、意味がないっていうのか！　いったいどういうつもりなんだ！」

「大出さん、落ちついて」

　咲村がいった。

「ふざけるな！　いったい何さまのつもりだ。こっちはお前の要求に応じて、最大の協力態勢をとっているんだ。なのにお前自身は何ひとつしちゃいないじゃないか。偉そうにああしろ、こうしろと要求するだけで」

「大出さん！」

「落ちつけよ。成滝はこれが命がけの仕事だというのを知っているんだ。自分がどういう連中を相手にしているのかをな。そんな奴を見つけだすのに、一度でもまちがったアプローチをしたら、それで終《しま》いだ。俺はそれをいっているだけだ」

「人を馬鹿扱いするのもいい加減にしろ。俺は警察だ。お前がふだんどこかからひっぱってくるゴロツキの用心棒じゃない」

　大出は息を荒くしながらいった。葛原は冷ややかにいった。

「そうさ。この仕事を押しつけてきたのは、あんたと同じ警官だ。だから俺たちは皆、ここにいる。つまりこれは、俺たち全員にとっては仕事なんだ。仕事っていうのは、冷静で慎重にやるものじゃないのか」

大出はいきなり後部席のドアを開いた。歩道に降りたち、深呼吸をした。咲村が葛原と北見を見比べ、あとを追った。

葛原はルームミラーで歩道に立つ二人を見やった。咲村が大出をなだめている。

「――本当に葛さんてクールなんですね」

北見がつぶやいた。

「そうじゃない。これはあと戻りのきかない迷路のようなものなんだ。ちがった入口をくぐったら、それでお終いだ。北さん、失敗したとき、俺たちとあの二人と、どっちが痛いツケを払うと思う」

北見は頬をふくらませ、頷いた。

「そうですね。俺たちだ」

「そうだ。だからこそ、俺たちの方が立場が上なんだ。高いリスクを負っている方が上につく」

大出はいらいらしたように煙草を吸っていた。咲村が話しかけている。

「でも妙ですよね。あんなにムキにならなくてもいいのに」

葛原は答えず、「花園タイプ印刷」の方に目を転じた。とたんに息を呑んだ。

光が揺れるのが見えたのだった。天井から吊るされた照明が大きく揺れている。

雑居ビルの入口に目を向けた。さっきまでいなかったバンが一台、すぐ近くに停止している。

「襲撃だ！」

葛原は窓をおろしていった。大出と咲村がはっとふり返った。

葛原はドアを開けた。

「なにっ。どういうことだ?!」

「監視していた連中が踏みこんだんだ！　書類屋がさらわれるぞ」

畑谷加奈子のアパートを訪れたのが、安全部の連中に直接行動をとらせるきっかけとなったのだ。

葛原は駆けだした。

「急げ！」

大出と咲村が一瞬呆然としたように見送り、ついであわててあとを追いかけてきた。

車の流れの切れ目を見はからって葛原は道路を横断した。ブレーキ音が響き、大出と咲村に関西弁の怒声が浴びせられるのが聞こえた。

書類屋がさらわれれば、安全部はほどなく中継基地に到達する。そうなったら成滝は糸の切れた凧となって潜るにちがいなかった。

案の定、バンの後部についたスライドドアは開かれていて、内部に二人の男がいた。二人は走ってくる葛原に気づき、表情をかえた。ひとりの手にハンディトーキーが握られていることに葛原は気づいた。それを男が口もとに運ぶところまでを見届けて、葛原は雑居ビルの入口に駆けこんだ。

そこは郵便受と急な階段だけの玄関だった。叫び声が階段の上方でこだましている。日本語ではない。

一歩遅れて咲村と大出が走りこんできた。

「退《さが》って!」

咲村が叫んだ。葛原はかまわず階段を駆け登った。

二階と三階の中間の踊り場に、もみあっている男たちの姿があった。ひとりの男を四人がひきずっていこうとしている。

「何をしている!」

追ってきた大出が叫んだ。四人ともどこかの配達員のようなジャンプスーツを着ていた。四人のうちのひとりが葛原らの方を見おろし、上衣をたくしあげると拳銃をひき抜いた。

「――――」

外国語の怒声があがり、押さえられかけていた唯一の背広姿の男が、拳銃を握った手を蹴りあげた。

「動くなあっ」

大出がひき抜いた拳銃の狙いを男たちにすえた。葛原はすぐさまその体をつきとばした。銃声が踊り場に反響し、葛原らの背後の壁にはまっていた小窓のガラスが砕け散った。

ジャンプスーツ姿の別の男が発砲したのだった。

背広の男がまたもや叫んだ。外国語だった。そして発砲した男に飛びついた。くぐもった銃声がして、背広の男の体がはね跳んだ。

次の瞬間、伏せた葛原の頭上で銃声が轟いた。発砲した男がよろめいて叫び声をあげた。葛原におおいかぶさるようにして、咲村が小型のオートマチックを発射したのだった。

ジャンプスーツの男たちはいっせいに身をひるがえした。二人が傷ついた仲間を抱え、撃たれたスーツの男には目もくれず、階上へと登った。

大出があとを追おうとした。だが頭上のすきまから拳銃を乱射され、身を縮めた。

呻き声が聞こえた。踊り場に横たわった背広の男が洩らしているのだった。

階段を駆け登る足音が遠ざかった。咲村が携帯電話をとりだし、応援を要請した。

葛原は手すりのすきまからなるべく遠い位置で階段を這い登った。倒れている男に達した。

銃弾は男のわき腹に入っていた。

「しっかりしろ」

小声でいって、男の頭をもちあげた。男の半ば閉じられた瞼が痙攣した。

大出と咲村がかたわらにきて、拳銃を握りしめたまま、頭上を見あげた。二人とも蒼白だった。

「しっかりするんだ！　もうすぐ救急車がくる」

葛原はいった。男は小さく瞬きした。

「あんた、成滝の書類屋なんだろ」

男の目が動き、葛原を見あげた。その目を見たとき、葛原はちがう、と悟った。男は熟練した書類屋にはとても見えなかった。精悍な顔つきをし、年齢も三十代半ばくらいにしか見えない。同時に葛原は、男が拳銃を蹴りあげた動作が、空手か拳法をする者のものであったことを思いだした。

「デコイか……」

呆然として葛原はつぶやいた。男は無言だった。

パトカーのサイレンが聞こえてきた。

「――どういうことだ」

大出がいった。

「成滝は襲撃を予測していたんだ。彼は書類屋じゃない」

「何だと……」

大出は黙っている男と階上とを交互に見てつぶやいた。

「それより出血がひどいわ。すぐに病院に運ばないと」

咲村がいった。リンスの香りか、その髪からはよい匂いが漂ってくる。

「連中は袋のネズミだ。我々はこの男といっしょに病院にいった方がいい」

葛原はいった。

「パトカーを使おう」

大出が答えたとき、制服警官が四名階段を駆けあがってきた。

「気をつけて！　上から撃ってくる」

咲村が叫んだ。

「なんだって――」

先頭の警官がいいかけたとたん、手すりのすきまから銃弾が降ってきた。

「うわっ」

四人の警官は階段にばたっと伏せた。

「この男を運ぼう」

葛原は大出にいった。

「わたしが残って、後続の応援に状況を説明する」

咲村が葛原をふりかえっていった。伏せた巡査のひとりが肩につけた携帯受令器でさらに応援の要請をした。受令器から流れでる所轄署の応答が階段や踊り場にこだまする。

大出は深く息を吸い、咲村を見た。

「この人を運ぶのには男ふたりが必要よ」

咲村は血の気を失いつつある男を目で示していった。

「よし」

大出は決心したようにいった。階段の下にいる制服警官たちをふり返った。

「こっちへ上がって、連中が降りてくるのをくい止めてくれ」

「防弾チョッキがPC《パトカー》の中にありますが……」

「じゃあひとりきてくれ。我々はこの人を病院に運ぶ」

今は制服警官全員が拳銃を手にしていた。が、果して咲村ほど躊躇なく発砲できるか疑問だと、葛原は思った。

咲村の反応は素早く、容赦がなかった。訓練通りに行動を起こした、という印象だった。

三人の制服警官が這うようにして階段を登ってきた。

「上にいるのは四名。全員が拳銃をもっているかどうかわからないけど、もっていると考えておかしくない。うちひとりは肩を負傷している」

咲村がいった。

「何者です」

「工作員よ。彼を誘拐しようとしていたの。機動隊がくるまで、あいつらをくい止めないと」

「強行突破もあるからな。気をつけろ」

大出がいった。

「いこう」

葛原はいって、倒れている男の左肩を抱えた。男が低い呻き声をあげた。目を閉じていて、唇が紫色になっていた。白いシャツの三分の一が血に染まっている。

大出が右肩を支えた。三人は階段の壁ぎわに沿って立ちあがった。

防弾チョッキをとりにいく役目を負った巡査が立ちあがった。

「ビルの前にバンは止まっていたか」

葛原はその巡査に訊ねた。まだ二十代の半ばだろう。緊張と恐怖に顔が白くなっている。

「何ですか?」

意味がわからなかったように訊き返した。葛原は同じ問いをくり返した。

「いえ……気がつきませんでした」

おそらく最も近くを警らしていたパトカーということで送りこまれたにちがいなかった。府警本部からではなく、所轄署からきたのだ。

「わかった。急ごう」

大出がいった。

パトカーの到着を見て、仲間を捨てたのだ。特殊工作員ならば当然だった。全員がつかまる危険は犯さず、消耗品として切り捨てる。

巡査の手も借りて、葛原は大出と撃たれた男を一階まで運びおろした。途中、上から銃弾は降ってこなかった。

ビルの前にパトカーが二台止まっていた。警官が二名立っている。バンの姿は跡形もなかった。

四人の姿を見て、警官たちが駆けよってきた。

「拳銃発砲です。防弾チョッキを上にもっていかないと――」

巡査が上ずった声でいった。大出が手短かに状況を説明した。

葛原は通りの反対側を見た。北見の残った車がなかった。工作員のバンを追ったのだ。

葛原は腹の底がぎゅっとひきしまるのを感じた。尾行に気づかれれば、北見は殺される。

「――このパトカーで運ぼう」

大出がいってきた。葛原は頷き、パトカーの後部席に支えていた男の体を運びこんだ。

「運転は？」

「私がする」

大出は運転席に乗りこんだ。無線器のマイクをつかみ、最寄りの救急病院を問いあわせ

た。応答があり、

「了解。ただいまより移送します」

というと、マイクを置いてサイレンのスイッチを入れた。

もう一台のパトカーのトランクから防弾チョッキが運びだされている。警官のひとりが笛を吹いて、交通を遮断した。大出はアクセルを踏みこんだ。

葛原は後部席をふり返った。北見の身が心配だったが、今は、病院に担ぎこむ前に、少しでもこの男の口を割らせなければならない。

男は目をみひらいていた。葛原を見るわけではなく、パトカーの天井を見つめている。苦しげにくり返される呼吸は浅かった。

「あんた成滝に頼まれて、『花園タイプ印刷』にいたのだろ」

男は無言だった。だが葛原に目を向けた。

「あいつらは国家安全部の工作員だ。あんたが蹴ってくれなけりゃ、俺たちは撃たれていた」

葛原はつづけた。思いだすと体が冷たくなった。銃を向けられた一瞬、葛原も大出も動くことができなかった。

男の唇が動いた。

「外事課か……」

「ちがう。俺は警官じゃない」

男の眉がひそめられた。

「成滝はどこにいるんだ⁈」

運転しながら大出が大声をだした。が、男はまるで聞こえなかったように葛原を凝視していた。

「あそこにはあんたしかいなかったのか」

葛原はいった。男は瞬きした。肯定したように見えた。

「成滝は読んでいたんだな。安全部があそこをつきとめることを。なのになんであんたはあそこにいたんだ」

「俺がいたい、といった」

囁くように男はいった。

「なぜだ」

男は唇を歪めた。それは笑いのようにも見えた。どこか嘲けるような笑みだった。

「志願して囮になったのか」

「林はどこにいる⁈　成滝といっしょなのか⁈」

大出が怒鳴った。パトカーはサイレンを鳴り響かせながら、大阪の街を疾走していた。

男は無言だった。葛原から目をそらし、パトカーの天井に戻した。それきり口をつぐんで、何も語らなかった。

11

病院にパトカーが到着すると、ただちに男の身柄は医師に委ねられた。パトカーに残った大出は無線で男の監視を要請した。

「指紋をとるんだ」

葛原はいった。

「指紋をとれば、たぶんあの男の身許がわかる」

大出は頷いて、監視役の警官に指紋採取の道具を持参させるよう告げた。そして病院の事務員にあとから別の警官がくる旨を伝えた。

「戻ろう。奴らがつかまった頃だ」

大出は気が気ではないようすだった。

「北見が奴らのバンを追っかけている」

葛原がいうと、口を大きく開いた。

「なんだって――」

「携帯電話を貸してくれ」

大出はジャケットから電話をとりだした。葛原の携帯はバンの中だった。葛原は米島の番号を押した。話し中だった。北見とつながったままなのだ。

葛原はもう一本の番号を押した。回線がつながり、米島がでた。

「葛原だ。北さんはどこにいる？」

喋りながらパトカーの助手席に乗りこんだ。大出が発進させた。

「葛原さん！　いったいどうなっちゃったんです」

「説明はあとだ。北さんは？」

「バンを追っかけて、国道四三号を西に向かっています」

「つなげるか、この電話」

「待って――」

米島の部屋には、すべての電話をスピーカーにつなぐ装置がある。多少感度は悪くなるが、それで北見と話すことはできる筈だ。

「もしもし――」

「葛さん」

やや割れているが北見の声が流れこんだ。

「北さん、追っかけているのは国家安全部の工作員の車だ。頼むから無茶はしないでくれ」

葛原はいった。

「うへえ。わかりました。何があったんです」

「『花園タイプ印刷』にいた男を工作員が誘拐しようとしていたんだ。そこへ俺たちが飛びこんで撃ち合いになった」

「どひゃあ」

米島が叫んだ。

「『花園タイプ印刷』にいた男は腹を撃たれたんで病院に担ぎこんだ。工作員はビルにたてこもっている」

「――――」

北見が何かいった。サイレンの音で聞きとれなくなった。病院の敷地をでたとたん大出がサイレンのスイッチを入れたのだ。

「サイレンを切ってくれ」

葛原は大出にいった。

大出は無言でそれに従った。日が暮れていた。道をいく車は皆、ヘッドライトを点している。葛原はわずかだがほっとした。車による尾行は、夜間は気づかれにくくなる。バックミラーに映るライトだけでは、車種の判断がつかないからだ。

「バンが今曲がったんだ」

北見がいった。米島が割りこんだ。

「市岡元町三丁目の交差点。国道一七二号を左に折れたんだ。このままいくと大阪港にぶつかるよ」

葛原は大出を見た。

「緊急配備できるか」

ハンドルを操りながら葛原の方を向いた。

「バンをつかまえるのか」

「そうだ」

「車種、ナンバー、現在地を」

北見と米島から得た情報を大出に伝えた。大出は無線連絡を始めた。

「北さん、今、警察が動いている。もしそのバンがパトカーにつかまったら、さっさと戻ってきてくれ」

「どこへ？」

「さっきのビルのところだ」

「了解」

葛原が電話を切るのを見て、大出がサイレンのスイッチを入れた。

新今宮の雑居ビル周辺は、半径数百メートルに亘って交通が遮断されていた。ビルの前には機動隊の装甲車が数台止まり、戦闘服に楯を手にした機動隊員がビルを囲んでいる。

すでに千名近い野次馬も集まっていた。

指令車と思《おぼ》しいバンの前に咲村と数名の刑事、警察官がいた。

パトカーを駐車させた大出と葛原はそこへ向かった。

二人の姿に気づいた咲村がこわばった顔を向けた。制服を着けた五十代の男が二人を見た。咲村が低い声でいった。

「大出さん。西成署長です」

「君が大出巡査部長か。事態の説明をして下さい」

西成署長は落ちついているが、厳しい口調でいった。

「申しわけありませんができません。警察庁の河内山警視正にお問いあわせください」

大出が硬い声でいった。

「何だって」

西成署長は顔をしかめ、葛原の方を見た。そのままかたわらにいた部下と思しい男に、

「警察庁《サッチョウ》に電話しろ。相手は河内山さんだ」

と告げた。そして、

「こちらは？」

葛原を示して訊ねた。咲村が息を吸い、

「河内山警視正の特命をうけた方です。私たちはこの方の警護を命ぜられていました。府警本部も了解しています」

「本部は本部だ。あそこに立てこもっているのは何者なんだ、工作員といったそうだが」

「花園タイプ印刷」の入った雑居ビルを目でさしていった。大出と咲村は顔を見合わせた。答えれば、任務のすべてを説明しなければならなくなる。

「何を黙ってるんだ。うちの管内で進行中の事件なんだ。ここがどんな土地柄かは、私の方が君たちよりよく知っている」

そのとき指令車の中に入っていた警官が、

「署長、電話がつながりました。河内山警視正です」

と、自動車電話の受話器をさしだした。署長は大出と咲村の顔をにらみつけていたが、受話器を受けとった。

大出がため息を吐いた。咲村はこわばってはいるが決然とした態度を崩してはいない。

西成署長が河内山と話しているあいだ、誰も口をきかなかった。やがて電話を終えた署長が向きなおった。

「状況はわかった。事件は府警本部に預ける。交通整理要員以外は、うちの署員はすべてひきあげさせてもらう。捜査本部も署内には立てない」

感情を押し殺した声でいった。

「申しわけありません」

大出が低い声でいった。それを無視し、署長は指令車の中に乗りこんだ。側近がつづき、葛原と大出、咲村はその場に残された。

大出は暗い顔で葛原を見た。

「今後、あの署長がいるあいだは西成署に配属されないことを祈るよ」

小さな声でいった。

「どうなっている?」

葛原は咲村を見た。

「五十名近い機動隊員が入ってるわ。投降を呼びかけているけど、応答はなし」

「電話を」

葛原は大出にいった。大出のさしだした電話で米島にかけた。

「北さんとつないでくれ」

「つながっています」

「どうなってる、北さん」

「もうそっちへ向かっている最中です。バンは十台くらいのパトカーに囲まれちまいましたよ」

「了解。待ってる」

ヘリコプターの爆音が聞こえてきた。その方角を見あげ、

「大ごとになったな」

葛原はつぶやいた。

12

府警本部からの応援部隊が到着すると咲村をそこに残し、戻ってきた北見の車に乗って葛原と大出は男が収容された病院に向かった。大出は口数が少なくなり、考えこんでいた。

「何を悩んでいる」

葛原は訊ねた。

「あんたにはわからんさ」

大出は吐きだした。

「これで自分の将来が終わりになると思っているのか」

「当然だろう。俺と咲村は巡査部長の分際で指揮系統を無視しまくったんだ。いくら警察庁のお偉いさんがついてるからって、あっちは東京だ。こっちは大阪府の公務員なんだぞ」

「なるほどな」

「俺は捜査畑には向いてない人間なんだ。書類仕事も得意じゃない。警備か機動隊で一生やっていければと思っていた」

「この仕事は志願じゃないのか」

「課長にいわれたときは悩んだ。特命なんて向いてないだろうって。だがカミさんにいわれた。何かのきっかけになるかもしれないって」

「結婚しているのか」

「子供も二人いる」

葛原は大出から目をそらした。大出はため息をつき、いった。

「これが終われば、ハコ番勤務だろう。そのまま一生、な」

北見が葛原に目配せした。葛原は黙って煙草に火をつけた。

救急病院の駐車場にはパトカーが二台止まっていた。一台は覆面パトカーだった。

北見を車に残し、葛原と大出は夜間出入口から病院に入った。入ってすぐの待合室にスーツ姿の男が二人いた。

「大出巡査部長」

ひとりが声をかけた。二人は明りの暗くなった待合室のソファに腰かけていたのだ。

「外事の金子《かねこ》です。こちらは高崎《たかさき》班長」

金子は三十代初め、高崎は四十二、三だった。大出は小さく頭をさげた。

「マル害の容態はどうです」

「ＩＣＵに入っています。死ぬことはないが、かなり輸血したそうです」

「身許は割れたんですか」

「だから私たちがいるんだよ」

高崎がいった。金子とちがい、高圧的な態度をとっている。役割りを演じているようにも見えた。

「身許は？」

大出は高崎に向き直った。

「その前に教えてもらおう。なぜ警護の人間があの国の連中とことをかまえたのか」

高崎はいった。

「ビルに立てこもっているのは、特務の工作員なのだろう。誰かを消しにやってきたのか。こちらがその標的か？」

葛原を顎でさし、いった。

「申しわけありませんが、警察庁《サッチョウ》の特命で動いているんです」

「お前、大阪府警の人間だろう。なんで警察庁なんかの肩をもつ」

「まあ、主任」

金子が割って入った。葛原を見て訊ねた。

「お名前を」

「いいたくない」

葛原は静かにいった。金子の表情はぴくりとも動かなかった。

「なるほど。警察官ではないようですね」

「大出さんは、私ともうひとりの人間を護衛するよう、警察庁から府警本部を通じて命じられたんです」

「もうひとりというのは、今ICUにいる男ですか」

葛原は首をふった。

「府警の誰があんたに命じたんだ」

高崎が大出につめよった。

「課長です」

「どこの課長？」

「警備部警護課長」

「じゃ警備部長も知ってるってことだな。おかしいだろ、そりゃあ。警護も外事も、同じ警備部だっていうのに」

高崎は唸り声をあげた。大出の声は苦しげになった。

「これはたぶん本部長からの直接の――」

「なに？　警備部長とばしてか？　そんなアホなことするわけないやろ！」

「知りたいのはわかるが、知らない方がいいこともある」

葛原はいった。

「あんたは黙ってろ。これは府警の問題なんだ」

「そんなことをいうのなら本部長に問いあわせてみられたらどうです」

大出が低い声でいった。怒りが目に宿っていた。

「なんだ、そのいいぐさは。人の縄張り踏んどいて、よく――」

「主任」

再び金子が割りこんだ。明らかに芝居だ、と葛原にはわかった。

「本部長なんかひっぱりだしても何にもなりゃしないじゃないですか。教えて下さいよ、大出さん。こっちもわかったことは伝えますから……」

芝居とわかっているかもしれないが、大出の顔に苦悶がにじんだ。西成署長につづいて、今度は同じ府警本部の、しかも同じ部内の人間をも敵に回しかねない状況に追いこまれているのだ。

「それは駄目だ」

葛原はいった。金子が初めてきっとなって葛原を見た。

「確かに今度の件は、あんたたちの領域だと思う。だが、あんたたちが知って動きだせば、すべてがぶち壊しになると思うからこそ、警察庁は頭ごしに大出さんを動かしたんだ」

「何がぶち壊しになるんです」

葛原は首をふった。

「いえない。本音をいわせてもらえば、あんたたちが警察庁とどれだけことをかまえても、私の知ったことではない。あんたたちが府警本部長にねじこんで、本部長と警察庁が喧嘩になっても、私は痛くもかゆくもない。なぜかといえば、私は警察庁に脅迫されてこの仕事をしているからだ。だから駄目になればなったで、さっさと手をひくだけだ。ただしそのことで警察庁が私への脅迫を実行に移したら、私はあったことすべてをマスコミにぶちまける」

大出が驚いたように、葛原を見やった。が、何もいわなかった。高崎と金子も口をつぐんでいた。

やがて金子がいった。

「あんたの身許もぜひ調べてみたいものだな――」

低い声だった。

「警察庁の誰が責任者なんだ」

高崎が訊ねた。今までとちがい、声には感情がこもっていない。

「河内山警視正だ。出向中といっていたから、たぶん内閣情報調査室だろう」

大出が答える前に葛原はいった。金子が鼻から息を吐いた。

「問題の男の指紋は外国人登録法に基いて原票が記録されていました。氏名は黄英洙《こうえいしゅ》、年齢は三十四歳。日本生まれの二世です」

「在団のメンバーなのですか」

大出が訊ねた。

「元、です。大阪市在住で、こちらの資料では在団特務に加わっていた可能性も高いと思われますが、二年前に在団を離れています。離れてからはむしろ在団に批判的な言動が多くなっています。公安調査官が一度接触していますが、情報提供者になるのは拒否したようです」

「元在団で、今は反旗をひるがえしている、というわけか」

葛原は、パトカーの中で見た黄の嘲けるような笑いを思いだした。

——俺がいたい、といった
——なぜだ
そう問いかけたときに、黄はその笑みを浮かべたのだ。

「黄とは話せるんですか」

大出が訊ねた。金子は首をふった。

「少なくとも明日の朝までは無理だと医者はいっています。麻酔がきいていて」

大出は葛原を見た。葛原は訊ねた。

「あの男に監視は？」

「もちろんついています」

「在団の幹部の動きはどうなっている？」

「そんなことはわからない」

高崎が答えた。

「それは嘘だろう。指紋が割れた時点で、おたくたちは在団の動きを調べたに決まっている」

「警察のやり方に詳しいな、え？」

再び挑発するように高崎はいった。

「誰でも考えつくことさ」

葛原は受け流した。金子が高崎を見やった。高崎は無言だった。

「どのみち、教えてやれ、ということになるんだ。上からいわれてムカつくくらいなら、今教えてくれた方が、お互い気まずくないだろう」

「今でも充分ムカついている」

「お願いします」

大出がいった。

「主任、この人のいう通りだと思いますが」

金子がいった。高崎は葛原をにらみすえたまま吐きだした。

「わかってる。教えてやれ」

金子は手帳をとりだした。

「在団の表向きの幹部には目立った動きはない。ただ、中央理事会のメンバーで、特務の統括をしているといわれている青年指導部長の金富昌《きんふしょう》の居どころが不明です」

「大阪にいる特務の人数はどれくらいなんだ」

「それはつかめていない。特務は、特務という形で存在しているセクションではなくて、指導部の教員だとか、理事の秘書という身分だったり、中には在団のただの団員という場合もある」

高崎が答えた。

「連中は武器をもっているのか」

「刃物や木刀くらいなら、もっているところを見たことはあります。それ以上となると……。ただもっていても不自然ではありません」

「これは内ゲバなのか」

高崎が誰にともなく、いった。

「そうともいえる。が、内ゲバの原因は、別の大きなところにある」

葛原はいった。

「それが何なのかは、警察庁に訊いてくれ、か」

葛原は頷いた。大出が意を決したようにいった。

「阿倍野区松崎町の『丸山コーポ』というアパートにある畑谷加奈子名義で借りられた部屋を調べて下さい」

金子がすばやくメモをとった。

「何がある」

高崎が訊ねた。

「たぶん死体が」

葛原はいった。

「誰の」

「借り主の。借り主は、先日やはり死体で見つかった豊川英志の恋人だった可能性が高い」

「豊川？　在団員なのか」

「いや《や》」

「殺ったのは誰だ。在団特務か」

「国家安全部だろうな。今、立てこもっている連中か、その仲間だ」

高崎の表情が一変した。

「連中の目的は暗殺だな！　誰を狙ってるんだ?!」

「日本人じゃない」

「なんだって。どういうことだ」

「それ以上は駄目だ」

葛原はいった。そして大出を見やった。

「そろそろ新今宮に戻ろう。彼女も解放される頃だ」

「彼女？　彼女って？」

高崎が訊ねた。

「私と同じ警護課所属の咲村巡査部長です」

大出と高崎は無言で顔を見あわせた。

やがて高崎がいった。

「こっちはこっちで動くぞ。本部長が警察庁とどんな約束をしたか知らんが、俺たちの邪魔だけはするなよ」

大出が頷いた。ほっとしたような表情だった。畑谷加奈子に関する情報を伝えたことで、少しは高崎らに対する罪悪感が軽くなったようだ。

「じゃ、これで」

大出は葛原に目配せして、歩きだした。葛原がそのあとを追ったとき、高崎がいった。

「咲村くんによろしくな」

大出は一瞬立ち止まり、非常灯の緑の光の下に立つ高崎を見つめた。

「はい」

答えた声は低かった。

北見の待つ車に戻った大出は携帯電話で咲村を呼びだした。咲村は少し前に解放されたようだった。

「これから迎えに――」

大出がいいかけたとき、葛原はいった。

「天王寺で会おうといってくれ。スナック『ルージュ』だ」

畑谷加奈子の勤め先だった。時刻は八時を過ぎていた。もう開店している時間だ。

大出はあっけにとられたように葛原を見たが、同じ言葉を咲村に伝えた。咲村は了承し、北見が車をだした。

「だいぶ大阪の地理がわかってきましたよ。基本をおさえれば、東京よりわかりやすいかもしれません」

北見がいった。

「大阪にいるのも、そう長くはない」

葛原は答えた。

「なぜです。成滝は大阪にいないと葛さんは思うんですか」

「最初は、林を隠すなら大きな街にするだろうと思っていた。だが在団特務のような連中を安全部が使っているとなれば、少なくとも大阪は危険だ」

「大阪は東京に比べても、在団関係の人間が多い筈だ」

大出がいった。目は車の窓に向けている。沈んだ声だった。

葛原はそのようすを見つめ、携帯電話を手にとった。河内山の直通番号にかけた。電話は転送され、移動電話と思しい雑音の向こうで河内山の声が応えた。

「はい」

「葛原だ」

「大阪はだいぶ派手なことになっているようですね」

河内山は落ちついた口調でいった。

「そのことで、かけたんだ。あんたのご威光が大阪府警のすみずみまでいき渡るようにしてもらいたい」

「それは組織の性格上、なかなか難しい問題ですね」

「だがこのままでは支障がでる。余分な回り道をしてもいいのか」

「それは困る。時間が一番の敵なんです」

「何とかしてもらおう」

「実は今、大阪に向かう新幹線の中にいます。あと四十分ほどで到着し、したらすぐに府警の捜査本部に向かう予定です」

「けっこうだな。また連絡する」

葛原はいって、電話を切った。

「新今宮の方は片がついたのかな」

北見がいった。

「米ちゃんの話では、テレビで中継もしているそうです。詳しいことはテレビも知らないらしいけど……」

「片がついても何もかわらない。安全部の連中がいくらつかまっても、成滝の行方をつきとめる材料にはならないさ。それに工作員は簡単には口を割らない。下手すりゃ自殺するだろう」

車は封鎖されている国道を迂回し、天王寺の駅に到着した。スナック「ルージュ」は、駅に近い雑居ビルの地下に入っていた。ビルの入口で葛原らは咲村と合流した。

「お疲れさんだったな」

葛原は咲村にいった。

「大丈夫よ。ただ犯人がいつまでも投降しないと、わたしの撃った男の怪我がひどくならないか、それが気になる」

「人を撃ったのは初めてか」

「もちろんよ」

咲村は硬い声でいった。

「それにしてはみごとだった」

「訓練を真面目に受けていたから……」

三人は地下への階段を降りた。左右にのびた廊下にそって、看板が並んでいる。ほとんどがスナックやバーのようだ。

「また質問はあんたがするのか」

大出が訊ねた。葛原は頷いた。

「初めは客のふりでいこう。俺は東京からきた取引先で、あんたたちは接待係だ」

大出は息を吐いた。

「芝居はあまりうまくないんだ」

「わたしに任せて」

咲村がいった。葛原は頷いた。大出は高崎の話をまだ咲村にしていなかった。それについては葛原は何もいう気がなかった。

わずか一日で、大出がこの任務をうけたことを後悔し始めているのは明らかだった。それにひきかえ咲村は、疲れてはいるし緊張もつづいてはいるが、どこかいきいきとしたようすが強まっている。葛原はだが、そこに張りつめた脆さのようなものを感じていた。

三人は「ルージュ」と看板の掲げられた木の扉を押した。店内はL字型のカウンターとふた組のボックスがある。

四十前後の小太りの女がカウンターの中にいて、

「いらっしゃい」

と声をかけた。カウンターに三人連れのスーツの男が並び、その向かいには二十七、八の女が立っている。

「いいですか」

葛原はいった。女は大きく頷き、

「どうぞ。こんだけ空いてるさかい、どこすわってもええよ」

と明るく答えた。

「すいませーん」

咲村が劣らぬほど明るい声でいって、先客とは少し離れた位置のストゥールをひいた。

「ここ、いいですか」

「はい、どうぞー。どんどんすわってえな」

女がいい、おしぼりを三つカウンターに並べた。

先客の三人連れは葛原らに一瞬目を向けたが、すぐ会話に戻った。

「お客さんら、初めてですね。何、飲みます？」

「とりあえずビールを……」

「はい、ビールね。何本？」

「二本？」

咲村が葛原と大出の顔をうかがって訊ねた。

大出が頷いた。

「じゃ、二本」

つきだしは枝豆だった。三人はビールを注いだグラスを合わせた。

葛原は煙草をくわえた。小太りの女がライターの火をさしだした。

「東京でっか」

「わかりますか」

「そりゃわかりますわ。言葉がちがいますもん。こちらの彼女は大阪やろけど……。出張できはったん？」

葛原は頷いた。咲村が口を開いた。

「このお店のこと、わたしが友だちから聞いたんです」

「誰やろ」

「畑谷さん」

「畑谷さん？　加奈ちゃんか。ほんまか。あの子ずっと休んでるんよ」

咲村が畑谷加奈子の名をもちだしたとき、葛原は三人の先客の反応をうかがっていた。反応はない。こちらをふり返ったり、急に会話を止める気配はなかった。

「え、お休みなんですか。久しぶりに会いたかったのに」

咲村がいった。

「そうや。体の具合がようないいうてね、珍しいわ」

「何日くらい休んでるんです」

「もう一週間近くなるな。電話してきたときは田舎帰る、いうとったけど……」

「本人がそういったんですか？」

「ううん。友だちやいう子が電話してきたわ。本人よっぽど具合悪かったんちゃうか」

「そうですか。わたし畑谷さんとは、豊川くんを通じての知りあいなんですけど――」

「豊川って、バイク屋の子？」

「ええ」

「あの子、彼氏やったん」

急に女は声をひそめた。

「さあ……。じゃないかしら」

逆に訊かれる側にまわり、咲村はとまどったように答えた。

「そうか。いっぺん連れてきたことあったけどな、ようわからんかったわ。歳下やろ、どう見ても」

「ですよね。畑谷さんは……」

「二十四やろ。どこで知りおうたか、知ってる?」

「いえ。豊川くんもその辺ははっきり教えてくれなくて……」

咲村は困ったようにいい、葛原を見た。

「歳下がはやってるのかな、今の若い子は」

葛原はいった。女は急に笑顔を作った。

「ええな。それやったら。うちもがんばらな」

そして三人の前を離れていった。あまり根掘り葉掘り訊いて、逆に加奈子に告げ口されるのを恐れたようだ。

このようすからして、女が豊川の死を知らないことは明らかだった。つまり豊川が行方不明になって以来、加奈子は仕事にでてきていないのだ。

豊川の拷問と加奈子の部屋の監視は、さほど間をおかずにおこなわれたのだろうと葛原は思った。そしてこの「ルージュ」は成滝グループとはほぼ無関係だ。「ルージュ」が成滝グループの連絡所なり何なりの場であれば、豊川はもっと頻繁に足を運んでいただろうし、このママと思しい女の反応もちがったものになっていただろう。

葛原らは三十分ほどカウンターでビールを飲み、店をでた。帰り際、

「加奈ちゃんにいうときますわ。お名前、何といわれます？」

女が訊ね、

「成滝です」

咲村が答えたときも、女の顔には何の変化もあらわれなかった。

階段を登り、一階の踊り場にでた。

「いきなり成滝といったときは、こっちがびっくりした」

店ではほとんど口をきかなかった大出がいった。

「だって時間がないのだから、しかたがないでしょう。周辺調査なんてゆっくりやってる暇はないんだし、所轄に情報依頼するわけにもいかないのだから」

咲村は平然といった。三人はビルをでて、近くに路上駐車をしていた北見の車に乗りこんだ。

「新今宮の方、どうなった」

「膠着状態らしいです。説得にも反応がないって……」

車のラジオと米島からの報告に耳を傾けていた北見がいった。

「次はどこへいきます？」

「淀川区だ。『淀川情報サービス』」

「もう飛んでいるのじゃないか。この騒ぎが『花園タイプ印刷』でおこったと、そこの人間はわかっているだろう」

大出がいった。葛原は首をふった。

「いや、飛ばない。飛べない、といった方が正しいだろうが」

「なぜ？」

「中継基地は簡単には動かせないんだ。基地との連絡がとれなくなったら、外で動いているチームは要《かなめ》を失うことになる」

「だがそこには踏みこめないのだろ」

「そう思っていたが、少し状況がかわった」

「何だ？」

「黄だ」

「黄って？」

咲村が訊ねた。

「あのビルで撃たれた男だ。元在団のメンバーで、自らすすんでデコイになった」

「黄は、かつて在団特務にいた。だが在団の方針とあわなくて、やめたようだ。在団のやり方に批判的な言動が多かったらしい。一方安全部は、日本での手足に在団特務を動員している。どういうことだと思う」

「どういうこと？」

「内ゲバだわ。林をめぐって、日本でも体制派とそうでない者が衝突している」

葛原は頷いた。

「成滝は、黄のような、反在団派を使って、安全部や在団特務の追跡をかわそうとしている。その結果、警察や公安が追跡に加わってくることも予期していたろう。つまり、これは奴にとってはビジネスの範囲をはるかに超えた総力戦なんだ」

「だから？」

「『淀川情報サービス』は、確かにこれまでは、成滝グループの中継基地だったかもしれない。しかし今回に限っては、成滝はそこすらデコイとして使う可能性が高い。黙って監視や盗聴をしていたのでは、奴にふり回されるだけだ」

「じゃ、踏みこむのね」

「場合によっては。デコイならデコイとしてのルートがある。少なくとも中継基地には、デコイのルートを知らせる材料がある筈だ。そうでなければデコイの基地をおいた意味がない」

「成滝が大阪にいて、その基地を見張っているということはないの」

葛原は首をふった。

「奴は大阪にはいない。林といっしょにいる。理由はそれぞれある。まず、林は大阪においておけない。安全部だけでなく在団特務が動いている以上、発見される可能性が高すぎる」

「もうひとつの理由は？　林といっしょにいるという」

「それは成滝に会えばわかる」

「それじゃ答になっていない」

大出がいった。

葛原は答えなかった。成滝があの国の出身であることを河内山は気づいているだろう。見かたをかえれば、成滝のこの総力戦は、金《かね》ではなく愛国心によるものなのだ。でなければ、黄のような男が成滝の味方をする筈がない。

大出の携帯電話が鳴った。河内山だった。

葛原は電話を受けとった。

「今、府警本部にいます。葛原さんの協力で逮捕できた国家安全部の工作員二名の取調に立ちあってきたところです」

河内山は落ちついた口調でいった。

「彼らは拳銃や爆発物を所持していましたが、取調に対しては完全黙秘をつづけています。もちろん身分を証明するものは何ももっていませんでした」

「何かわかったか」

「車は？」

「レンタカーです。調べたところ、借りるときに使われた免許証の人物が、別々のレンタカー会社からさらに二台の乗用車を借りています。つまり計三台の車が動いていたわけです。連中の任務の違法性が高いので、在団側も車を貸し渋ったのかもしれません」

「あとの二台の車種とナンバーを」

河内山が伝え、葛原は大出にメモをとらせた。

「いったい何人の工作員が入りこんでいるんだ」

「さあ……。連中にもいくつかのルートがあります。かつては船を使って日本海側から上陸するケースが多かったのですが、最近は中国大陸などからの難民船などが増えたせいで海上保安庁の監視がきつくなっています。おそらく装備は船でもちこみ、人間はロシア経由で母国入りした在団員とすりかわり工作で入ったのではないでしょうか」

河内山のいった〝すりかわり工作〟の内容は葛原にも想像がついた。彼らの母国は日本とは国交がないが、ロシアとはある。旅客機も首都どうしを結ぶ便が飛んでいる。

日本在住の在団員が「里帰り」をするとき、彼らはいったん日本からロシアに飛び、そこから母国への便に乗りかえる。

彼らのパスポートには日本の出国とロシアへの入国のみが記載される。一方ロシアでは、彼らとすりかわるための工作員が待っている。日本をでてきた在団員と同じ名義の偽造パスポートをもち、工作員は日本に入る。日本国内での任務を終えた工作員はロシアへと飛び、「里帰り」をすませてきた本物と再びすりかわる。

この方法を使えば、一度に大量の工作員を日本に送りこむことが可能だ。ただし銃などの武器や非合法活動に用いる機材を航空機でもちこむことはできないし、工作員がすりかわった在団員の名を日本国内で使用するのも制約が伴う。

たとえばの話、新今宮のビルに立てこもっている工作員たちが警察に射殺され、そのときにすりかわった在団員のパスポートをもっていたら、その人物は死亡したと見なされ、本物の在団員は日本に再入国できなくなる。

「――するとまだ複数の工作員が林を追っていると考えるべきなんだな」

「ええ。彼らは仲間が警察に追い詰められたことをすでに知っているでしょうから、より攻撃的な作戦に切りかえる可能性があります」

「つまり確保から暗殺へと方針を変更する？」

「そうです。そもそも今回の彼らの装備から判断しても、通常の情報収集にはまるで必要のない武器を所持しています。おそらく作戦の切りかえは当初から念頭にあったのだと思われます」

「そうなると我々のボディガードが二名というのも心もとないな」

北見が小さく頷いた。

「そのお気持はわかりますが、こうした事態が生じている以上、マスコミの注目をさらにあおる動きは絶対に避けなければならないのです。今の段階であっても、府警本部の公安は何かが進行していることに気づいていますからね。彼らの中にも、マスコミの人間と親しい者が存在します」

「私ももう会った。外事課の刑事が、新今宮のビルで撃たれた男の病院で待ちかまえていた」

「何という刑事でした?」

「高崎と金子」

「わかりました。こちらで手を打ちます」

冷静に河内山はいった。

「これからどこへ?」

「淀川区だ。成滝が中継基地に使っていたらしい会社に向かっている」

「――『淀川情報サービス』ですね。何かあったら、すぐに連絡をして下さい」

いって、河内山は電話を切った。

13

「淀川情報サービス」は、阪神高速の池田線を加島インターで降りた工場地帯の一角にあった。

葛原が車の窓をおろすと湿った匂いが車内に漂いこんだ。

「近くに川があるのかな」

葛原がいうと、ヘッドセットから米島の声が流れこんだ。

「淀川と神崎川の中洲になってるみたい。地図でもやっぱり工場とかが多いし──」

車は鉄鋼工場や製菓工場が建ち並ぶ一角を抜けていった。時刻は十時を回っている。人けのまるでない工場もあれば、二十四時間フル操業なのか、煌々と照明が点った大規模な工場もある。

「なんとなく川崎の工業地帯に似てるようなところですね」

北見がいった。

「川をはさんで向かいは兵庫県だよ。尼崎市だもん」

車の通行量は少なく、たまにすれちがうのはコンテナやトレーラーなどの大型車だった。

煙突が夜空に向かって何本もそびえ立っている。先端部にとりつけられた航空標識灯がいくつも赤い光を明滅させていた。

「じきに大阪府警が見つけた駐車場です。今の地点を二十メートルいって右折した右側」

「了解」

米島の声に北見は答えて、ハンドルを切った。高架をいく新幹線が目に入った。明るい窓が連なり、遠目では光る矢のようだ。

規模の大きい青空駐車場だった。五十台以上の駐車スペースがある。北見がその内部に車を乗り入れた。

駐車スペースにはすべて番号が打たれ、借り主の名が立て札で表示されていた。錦木の九二年型デイムラーは、そのうちの四十一番区画に駐車されているところを、府警のパトカーによって発見されたのだった。

デイムラーは同じ場所に今もあった。濃紺で、ウインドウ全面にスモークシールを貼っている。「淀川情報サービス」の立て札は、二十二番と十七番にもあった。どちらも空いている。

「地図だと、その駐車場をでて右に百メートルいったところの建物が『淀川情報サービス』の建物だよ」

米島がいった。

「どうします」

北見は葛原の顔を見た。

「当たって砕けろですか」

「淀川情報サービス」が中継基地だという葛原の読みが正しければ、そこに誰か人がいることはまちがいない。成滝本人がいる筈はないが、成滝に近いメンバーは必ずいる。

そのメンバーは、安全部の工作員に踏みこまれる可能性を覚悟の上で、中継基地としての役割を果たしているのだろう。葛原はなんとなくそんな気がした。

中継基地をデコイにするためには、そこに人間の存在は不可欠だ。

だが「淀川情報サービス」にいるのは、黄英洙のような〝志願者〟であるとは思えなかった。

中継基地は〝逃がし屋〟にとっての要の存在である。たとえそこをデコイとして使ったとしても、必ず実動グループの情報は通過する。まったくグループ外の人間をそこにおいたのでは、デコイとしての役割をなさなくなる。襲撃をしかけた安全部の工作員をだましおおせるだけの偽情報が提供できる人間でなければならない。

「ぼやぼやしていたら安全部に先を越されてしまうかもしれない」

咲村がいった。

「連中は決断を迫られているところだろう。二名が逮捕され、四名が包囲されている。任務を続行するか、放棄するか、たぶん本国に指示を仰いでいる筈だ」

葛原はいった。

「在団のことを忘れちゃ駄目よ。いざとなれば在団の過激メンバーは、特務に工作員の任務をひきつがせるかもしれない」

「青年指導部長の金富昌という男がいどころ不明だそうだ」

大出が重い口を開いた。

「金は在団の中でも最も激しい林剛哲の心酔者だといわれているわ。本国でいくども会って表彰をうけているの」

「詳しいな」

葛原はいった。

「そういえば外事の高崎班長がよろしくといっていたよ」

大出がつぶやくようにいった。

「昔、同じ班にいたのよ。まだわたしが公安にいた頃」

咲村は低い声で答えた。

「彼の下にいたのか」

葛原は訊ねた。

「ちがうわ。ふたりとも別の人の下にいた」

咲村は答え、大出に挑むような口調でいった。

「土田《つちだ》さんよ」

大出が驚いたように咲村を見やった。

「あの人の下にいたのか」

「そう……。土田さんにしこまれたの。でも土田さんがいなくなったから――」

あとの言葉が途切れた。

「どうするんですか。いくんすか」

北見が割って入った。大出の反応からすると、土田という咲村のかつての上司は、府警内部では有名な人物だったようだ。

「なるほど……。どうりで腹がすわっているわけだ」

自分を比べたのか、大出は吐きだすようにいった。

「土田さんがいなくなったんで転属を希望したのか」

「そう」

大出はあらためて咲村を見つめた。

「公安からSPにね。かわってるな」

咲村は答えなかった。葛原は北見を見た。

「よし、『淀川情報サービス』にいこう」

「了解」

北見はいってアクセルを踏んだ。四人の乗った車は駐車場をでて、さっき新幹線が通過した高架の方角に進んだ。

「住居表示では、高架をくぐった右側だと思う。アパートとかマンションの表示はないから、一軒家かもしれない」

米島が告げた。

「あれか――」

大出がつぶやいた。高架を抜けた右手に、比較的広い敷地をとった二階建ての建物があった。表面に赤褐色のレンガを貼り、住宅というよりは事務所のような造りになっている。コンクリートを敷いた車寄せが二台ぶんあって、そこには自転車が一台おかれている。建物は横長で、窓にはブラインドがおりていた。一階の窓に明りが点っていることは、羽根のすきまをもれる光でうかがえた。

「車がいるわ」

「淀川情報サービス」の建物の向かいを四人の乗った車がゆっくり通りすぎようとしたとき、咲村がいった。

車寄せをすぎた地点に、ライトを消した乗用車がとまっていた。

「ナンバーの照会を」

葛原はいった。

「駄目、暗くて見えない」

「人が乗ってる。このまいくよ」

北見がすばやく見てとった。

「安全部か」

「可能性はある」

「新今宮の二の舞か」

大出が呻くようにつぶやいた。止まっている車の向かいをすれ違った北見は、その先にある工場のゲート前でウインカーを点し、右折して正門の前まで車を進めた。操業中の化学工場だった。

「こうすりゃ、ここの車だと思うでしょう。警備員は任せたよ」

北見が車を止めた。乗用車からゲートの内側は見えない。ゲートのかたわらにある小屋のような警備員詰所から、紺の制服を着けた男が現われた。大出が車のドアを開け、降りたった。警察手帳を提示しながら歩みよる。

葛原は詰所の裏に自転車がおかれていることに気づいた。車を降り、話している大出と警備員に近づいた。

大出がふりむいた。

「『淀川情報サービス』の前にいる車は、夕方くらいからずっと止まっているそうだ」

「その制服をお借りできませんか」

葛原はいった。警備員は五十代後半の男で、驚いたように葛原を見た。

「わたしの服をでっか」

「ええ。それと自転車を。十分かそこらだけです」

「捜査協力をお願いします」

大出が頭を下げた。

「ええですけど……。私服は詰所においてますから――」

「ではお願いします」

葛原はいって警備員詰所のドアをくぐった。すばやく服を脱ぎ、警備員を待った。半信半疑の表情で歩みよってきた警備員は、葛原が洋服を脱いでいるのを見て、あわてて制服のボタンを外した。

制服は葛原にはややきつかった。スラックスはウエストが伸縮式になっているので、丈をのぞけば合わせられる。上着のボタンは、すべてかけてしまうと横に皺がよる状態だ。

制服を着た葛原は、車から携帯電話をとりだした。

「自転車で横を走ってナンバーを読む。電話で知らせるから照会してくれ」

咲村に告げた。

「もし安全部だったら?」

「見張りだろう。工作員は中にいて、中継係をおさえている筈だ」

「応援を呼ぶの？」

葛原は首をふった。

「河内山は拒否する。あんたと大出さんとでなんとかするんだ」

咲村は目をみひらいたが、小さく頷いた。

「わかったわ」

「そのときはまず見張りからだ」

葛原はいって、大出を見た。

「撃たないから拳銃を貸してくれ」

大出は首をふった。

「そいつは駄目だ。貸すわけにはいかん」

「じゃあんたがこの制服を着て自転車に乗っていき、見張りをつかまえるか」

「何をいってるんだ。そんなこと――」

「やらなきゃここまでだ。河内山はこれ以上マスコミの注目を集めるのはまずいといった。俺たちだけでやるか、降りるかだ」

「待てよ、上の指示を仰ぐとか何とかあるだろう」

「時間の無駄だ。いいか、あの車が安全部なら、中継係は今頃、殺されているか拷問をうけている。パトカーなんかサイレン鳴らしてきてみろ、それこそ新今宮の二の舞だ」

「わたしの銃を貸すわ」

咲村がいった。大出があわてていった。

「駄目だ、絶対に――」

「大出さん、ここは葛原さんに任せるしかないわ」

「うまくいけばあんたたちも一発も撃たないですむ」

「うまくいかなかったらどうするんだ?!」

葛原は大出を見つめた。

「どのみちうまくいかなかったら、俺たちは何もかも失うんだ」

大出は息を呑んだ。

「くそ」

低い声でいった。葛原は大出の肩ごしに詰所を見やった。

「早くしろ。警備員が何ごとかと見てるぞ」

大出が葛原をにらみつけ、上着の前を開いた。

「俺のをもっていけ。使い方は――」

「そんなものは必要ない。威しに使うだけだ。実際に撃つようなことになったら終わりだ」

大出が中型のオートマチックをホルスターから抜いた。

「薬室に弾丸が入っている。安全装置を外して引き金をひけば弾丸はでる。撃つ気がないなら安全装置を外すなよ」

「わかった」

いって葛原は拳銃をうけとった。ブローニングの「モデル10」と呼ばれている、七・六五ミリ口径のモデルだった。撃鉄内蔵型で、戦前に航空兵が愛用したものだ。

拳銃の扱い方を葛原は知っていた。銃の種類もあるていどならわかる。だが知らないと思わせておいた方が、大出は安心する筈だ。

実際に撃つ気も、葛原にはなかった。発砲したら最後、「淀川情報サービス」の内部には入れなくなる。

拳銃を制服の内ポケットに入れた。

「連絡する」

葛原はいって、詰所の裏におかれていた自転車にまたがった。

ゲート前を走る道に自転車をこぎだした葛原は、ゆっくりと元きたルートを辿った。二十メートルほど走ると工場の塀が途切れ、「淀川情報サービス」の前にさしかかる。車は「淀川情報サービス」の車寄せの手前側、工場の塀が始まる地点に、歩道との境にぴったりと寄せて停止していた。

葛原はのんびりと自転車をこぎながら、車のかたわらを走り抜けていた。国産車で、運転席に男がひとり乗っている。

車道の端を走らせていた葛原は車を通りすぎる形で自転車をふくらませた。ナンバーを見とり、記憶した。

運転席の男はハンドルの上に雑誌を広げている。

そのままふりかえらずに自転車をこぎつづけた。新幹線の高架をくぐると、橋脚の陰になる位置で自転車を止めた。

片足を地面につけたまま、携帯電話をとりだした。咲村の携帯電話を呼びだす。

つながるのを待つ間、葛原は初めて、あたりの空気の臭いに気づいた。煙突から放出される煤煙の化学臭だった。

咲村が応えると、車のナンバーを伝えた。

「待ってて下さい」

葛原は待った。電話の向こうで、大出が別の携帯電話を使って照会している声が聞こえた。

葛原は煙草に火をつけ、腕時計を見た。もうすぐ十一時だ。長い一日だった。たぶんこの調子で時間が流れていくだろう。そしてせいぜい七十二時間も過ぎれば、すべてが終わる。

「――判明したわ。在団の車よ。安全部のレンタカーじゃない」

「仲間がつかまったので、レンタカーを捨てたのかもしれないな」

葛原はいった。運転手はたぶん工作員ではない。

「北見とかわってくれ」

葛原はいった。

「待って」

北見が電話にでると告げた。

「十一時きっかりに車をだしてくれ。俺は歩道側からいく。そっちは向こうの尻にぴったり車を止めるんだ。ライトは点けてていい。運転手がそっちに気をとられてるあいだに、拳銃をつきつける」

「了解」

葛原と北見の腕時計は、常にぴったりと時刻をあわせてある。

電話を切り、深呼吸をした。道路を走る車はほとんどなくなっていた。

携帯電話を内ポケットに移し、拳銃はサイドポケットに入れた。こちらの方がすばやくだせる。

十一時一分前になると、自転車をこぎだした。北見から見張りの車までは、ものの数秒だろう。

今度は運転手の姿を正面から見た。髪を短く切っていて、黒っぽいスーツを着ている。ハンドルの上にのっているのは漫画雑誌のようだ。

車との距離を詰めていった。十メートルほど手前にきたとき、気配に気づいたのか、運転手が顔をあげ、葛原の方を見た。

不審はまったく感じないのか、再び目を手もとに落としかけた。

そのとき北見の運転する車が、後方からハイビームにしたライトを浴びせかけた。運転手はルームミラーを見やり、ついで体をねじって背後をふり返った。

葛原は歩道から車道へと自転車をはみださせた。

北見の車が見張りの車のすぐうしろで停止したとき、葛原は運転席のドアのま横に達していた。

足をつき、右手をサイドポケットに入れた。運転手は左肩ごしにうしろを見ている。葛原の方を見るには、反対の右肩の方向に首を回さなければならない。

男の顔がこちらを向いたとき、葛原は拳銃の銃口をウインドウごしにつきつけていた。

男の目が丸くなり、口が半開きになった。大出と咲村が車からとびだしてきた。

葛原は左手の人さし指を唇にあてた。大出が頷き、葛原から拳銃をうけとると、運転席のドアノブをつかんだ。

ドアのロックはかかっていなかった。

「静かに降りろよ。声はたてるな」

自転車をうしろにずらし、葛原は命じた。

「我々の車に乗せるんだ」

葛原は大出と咲村にいった。咲村が頷き、男の右腕をつかんで押しやった。

男を車に押しこむと、葛原は助手席に乗りこんだ。

男は三十歳そこそこといった年齢だった。何が起こったのかよく理解できず、緊張と恐怖の混じった表情を浮かべている。

「こっちが訊くことだけ答えろ。そうすれば命は助けてやる」

葛原は男をはさんでいる大出と咲村に目配せをしていった。

男が在団特務なら、警察官だというのは知られない方が好都合だった。警察が拷問をおこなわないと知っているからだ。

男は激しく瞬きしながら頷いた。

「――――」

咲村が話しかけた。外国語だった。男は頷き、同じ国の言葉で答えた。咲村にその言葉で話しかけられたことに驚いたようすはなかった。

驚いたのはむしろ葛原だった。だがそれを表情にださず、咲村を見た。

「日本語はわかるといってるわ」

咲村がいった。葛原のカモフラージュを助けるために言葉を使ったのだとわかった。刑事だと思われない方がより恐怖を与えられると、咲村も悟ったのだ。

「よし、中に仲間は何人いる?」

葛原は訊ねた。

「四人」

男は葛原を見て答えた。

「安全部の者か」

「二人が」

「残りの二人はお前と同じ特務か」

男は頷いた。

「いつ中に入った」

「五時過ぎ」

すると「花園タイプ印刷」と「淀川情報サービス」への襲撃は、ほぼ同時におこなわれたのだ。

「向こうの人間は中に何人いる」

「知らない」

「なめるなよ」

葛原はゆっくりいった。

「本当だ、知らない。たぶん、ひとりだと思う。そんなことをいってた……」

葛原は頷いた。

「何をしてるんだ、中で」

「待ってる……。連絡がくるのを――」

「殺してないんだな、中の人間を」

男は小さく首をふった。

「知らない。本当だ。助けてくれ！」

「銃をもってるな、中に入った連中は」

男は小さく頷いた。男はナイフをもっていただけだった。車に押しこむ前に、大出が身体検査をしたのだ。

「連絡はどうやってとってる」

「携帯電話で――」

「大便がしたくなったと電話しろ。トイレを使いたいというんだ」

葛原は携帯電話をとりだしていった。男は頷いた。

「まだだ」

葛原は大出と咲村を見た。

「一気に突入する。躊躇するなよ」

「わかってる」

大出が平板な口調でいった。あきらめたのか、緊張の極にあるのか、無表情になっていた。

「よし」

葛原は携帯電話をさしだした。

「電話を切ったら、お前がひとりでいくんだ。うしろから拳銃で狙っているからな。妙な真似をしたら、背中を撃つぞ」

男は何度も頷いた。

葛原は北見をふりかえった。

「こいつが『淀川情報サービス』の玄関を入ったら、車でつっこんでくれ」

北見は無言で頷いた。葛原は男に目顔で合図した。

男が携帯電話のボタンを押した。耳にあて、相手がでると、早口で喋った。母国語だった。咲村が聞き耳をたてていたが、頷いた。

男は相手の指示に耳を傾け、ひと言答えて、電話を切った。

「交代がでてくるわ」

男が何かをいう前に、咲村がいった。

「よし。いけ！」

葛原は男にいった。大出が車を降り、男を外にだした。

「俺は外からいく」

かすれ声でいった。

「わかった」

男ががくがくとした足取りで歩道を歩きだした。

「いこう」

葛原は北見にいった。北見が車を後退させた。男が「淀川情報サービス」の車寄せを横ぎっていく。

車が前にでて、「淀川情報サービス」の玄関が目に入った。玄関は、ふつうの住宅のような扉だった。

その扉が内側から開き、中から男がひとり姿を現わした。革のブルゾンを着けている。

北見がアクセルを踏みこんだ。玄関の扉は開け放たれていた。

ブルゾンの男が葛原らの乗った車を驚いたように見た。見張りの男がくるりと踵を返し、車道の方角へと逃げだした。少し離れた位置で見守っていた大出がそちらをふりかえった。

「追うな！　放っておけ！」

葛原はおろした窓から叫んだ。大出はわかったというように頷き、手にしていた拳銃をブルゾンの男に向けた。

「動くな！」

ブルゾンの男は、車寄せの陰から出現した大出に気づいていなかったのか、立ちすくんだ。

そのかたわらをかすめ、北見は「淀川情報サービス」の玄関前まで車を乗りあげた。

「動くなよ！」

大出が再び怒鳴って駆けだした。咲村が無言で車をとび降りた。葛原もすぐにあとを追った。

大出と咲村はほぼ同時に「淀川情報サービス」の玄関に達した。扉は、中から現われた男がノブをつかみ、閉じられようとしていた。大出が体あたりするようにして、その扉を押し開いた。

「動くな！」

咲村が両手で拳銃をかまえ、凛とした声で叫んだ。扉を閉めようとしていた男が凍りついた。

大出が屋内にとびこんだ。

「そのままあっ」

葛原はすぐそのあとを追った。

事務机の並んだ室内に三人の男がいた。二人が上着を脱いだワイシャツ姿で、ひとりがスポーツシャツを着た初老の男だった。すわっていたのは、スポーツシャツの男だけだった。

全員が動きを停止した。ワイシャツのひとりが机の上におかれた大型の拳銃から手を離した。

「中に入って！　入りなさい！」

咲村の声が背後から聞こえた。

ドアを閉めようとした男が、蒼白の顔面に拳銃をつきつけられたまま、うしろ足で室内に入ってきた。

葛原は事務所の奥へと進んだ。まず机の上におかれた拳銃をとりあげた。

別のひとりが、腰のベルトに拳銃をはさんでいた。それもひき抜いた。

「全員、部屋の端にいけ」

大出がいって、テレビとソファのおかれた事務所の隅へと男たちを追いこんだ。スポーツシャツの男だけが動かなかった。

男は動けないのだった。椅子の背に回した手をロープで縛られていた。よく見ると、口にスポンジのようなものが押しこまれている。唇と目尻が切れ、出血していた。殴られたようだ。

大きなスポーツバッグが、机の上にのっている。中に、ロープや通信機、ナイフなどが入っていた。

男たちは床に伏せさせられた。葛原は玄関に向かった。扉を開くと、ハンドルに手をのせた北見が片手をあげた。

「二人は逃げたよ」

葛原は頷き、

「北さんも中に入ってくれ」

と告げた。

「車はどうする？　ここにおいとく？」

「ロックして、頼む」

葛原は屋内に戻った。咲村が縛られた男の前で呆然としている姿が目に入った。

「嘘でしょ……」

「河内山に連絡しろ。こいつらをひきとってもらうんだ」

葛原はいった。だが咲村には聞こえていなかった。

「どうしてなの――」

咲村は男の縛《いまし》めをしゃがんでほどき始めた。ロープが解けると、男の口からスポンジをつかみだした。

男が呻き声をたてた。大出も男の方をふりかえっていた。信じられないような表情を浮かべている。

葛原はそのようすを見つめた。咲村が身を起こし、こわばった顔で葛原をふりかえった。

「この人……知ってる……」

「――まだ、公安にいたのか……」

男が低い声でいった。ひどく弱っているような声だった。

「移りました。今は警護です……」

「うん……。そう聞いてたが……」

男はつぶやき、痛々しい顔を葛原に向けた。口もとと瞼が腫れている。

葛原は携帯電話をとりだすと、河内山にかけた。それを見やり、

「待って――」

咲村がいいかけ、

「いいわ。かけて」

うつむいた。

河内山がでた。

「葛原だ。『淀川情報サービス』にいた工作員をひきとりにきてくれ。今いるのは三人だ」

「踏みこんだのですか」

驚いたようすもなく、河内山はいった。

「そうだ。二人のお手柄だ」

「怪我人は？」

「いない」

「了解。覆面パトカーをいかせます。葛原さんはそこに残るんですか」

「そうなるだろう」

電話を切り、葛原は縛られていた男と咲村に歩みよった。

咲村は机によりかかり、天井を見あげていた。

「名前を聞かせてもらおう」

男は葛原を見あげた。縛めを解かれても立ちあがろうとはしなかった。

男は無言だった。髪が薄く、後頭部にかたまって生えている。皺の多い顔立ちで、実際以上に老けて見えるかもしれないが、六十には達しているようだった。

眉はほとんどが白髪だったが、小さな目には強い光があった。

「――名前は土田さんです」

咲村が腕を組み、天井を見つめたままいった。葛原は男の顔を見直した。

「あんたの上司だった人か」

咲村は無言で頷いた。

「――なるほど」

葛原は小声でいった。咲村は大きな息を吐き、土田を見おろした。

「どうして?!」

小さく叫んだ。

「なにがや」

土田は低い声で訊き返した。

「どうしてここにいるんです」

「辞めた者が何をしようと勝手やないか」

土田は淡々と答えた。

「土田さん！」

「――まあ助けてもろたからな。あんまり大きなことはいえんわな」

土田は平然といった。

「こうなることは覚悟していたんだろう。わかっていて囮になったのじゃないのか」

葛原はいった。土田は葛原を見た。

「何者や。本庁の人か」

葛原は首をふった。

「土田さんの同業者です」

吐きだすように咲村がいった。

「なんやと……」

「あんたらを追っかけるよう、警察に命じられたんだ」

土田は薄笑いを浮かべた。

「アホな話や」

「成滝はこっちではトップだ。とても警察じゃつかまえられないというので、私のところにお偉方がきた」

土田は葛原に鋭い目を向けた。

「銭、積まれたんか」

「いや。脅迫されたんだ」

再び土田は笑った。

「そんなもんやろ。なあ、咲村――」

咲村が小さく首をふった。

「やめて下さい」

「お前はまだアホな考え、捨てられんのか」

「土田さん！」

土田は息を吸いこんだ。

「お前は警官に向いとらん。早よ、やめ、いうたろ」

「わたしは警官が好きなんです」

咲村がきっとなった。

「だからあかんのや。警察はお前の考えとるようなとこやないて、ええ加減わかっとる筈や」

咲村は唇をかんだ。土田は部屋の隅に伏せている男たちをふりかえった。

「こいつらやって、警官みたいなものや。工作員いうたら、国家公務員やろ。お国の仕事や思て、やっとるんや。人殴っても人殺しても、立派にお国の仕事や……」

「ちがう」

咲村はつぶやいた。が、その声は弱々しかった。

「助けてもらって、ずいぶん強気だな」

葛原はいった。

「何いうとんのや。たかだか二、三年のツトメが恐くていうこときいたんか」

土田は蔑むように葛原にいった。葛原は答えなかった。

「土田さん！　成滝はどこにいるんですか」

大出がいった。

「いうわけないやろ」

土田は頬をゆがめた。

「何いってるんです。あなただって元は警察にいたじゃないですか」

「それがどうしたんや。お前も咲村みたいなアホか。警官が正義の味方や、思うとんのか」

咲村がはっと息を呑んだ。

「そんないい方はないでしょう」

咲村はいった。

「お前、SPを希望したんやろ」

「はい。今はそうです」

「それで守っとるんが犯罪者か。おもろいな……」

咲村は唇をかんだ。

「警察によほど恨みがあって辞めたのか、あんた」

葛原はいった。土田は目だけを動かして葛原を見た。

「アホなこというな。咲村、教えたれや」

咲村は深々と息を吸い、いった。

「土田さんは、公安のピカ一でした。辞めたのはご自分の希望です」

「希望もくそもあるか。アホらしなっただけや。人だましたり、威したりして、スパイに仕立てる、いうんが」

咲村に視線を戻した。

「咲村はようけ仕事をしてくれたで。別嬪やからな——」

「土田さん！」

「そうやろ。いうた筈や。正義の味方やなんて思たら、公安の捜査なんか、できやせんて」

「そんなことは思ったことありません」

「嘘つくな。お前はまっすぐや。ほんまやったら、学校の先生にでもなったらよかったんや。なにも父親が警官やったからって、無理することなかったんや」

「やめて下さい。父のことは関係ありません」

「お前の父ちゃんは立派な警官やったろう。せやから一生、ハコ番勤務や。警察で出世しよ、思たらな、頭使《つこ》うて人だしぬくこと考えなあかんのや」

「あんたは出世より金を選んだのか」

「たいしてええ銭にはならんわ」

土田は吐きだした。

「じゃあなぜ成滝のグループに入っているんだ」

「知らんわ」

土田はそっぽを向いた。

「土田さんはおもしろがっているんです。警察をだしぬくのが楽しいんだわ」

咲村が硬い声でいった。

「まあ、かもしれんな」

「やはり警察に恨みがあるのじゃないか」

葛原はいった。この土田という元刑事に興味を感じていた。土田の本質は、うわべとは別のところにあるような気がした。

「何でもええわ」

土田はつぶやくと、スポーツシャツの胸からロングピースの箱をとりだし、火をつけた。

「迎えはまだこんのか。いつでも拘留してええぞ。容疑があるんやったら——」

「拘留はさせない」

葛原はいった。

そのとき、ドアホンが鳴った。玄関の近くに立ってやりとりを見守っていた北見が、インターホンをとった。

「葛さん、河内山さんです」

咲村がすっと、ブラインドの降りた窓に歩みよった。

「ワゴンが一台に面パトが一台きてるわ」

「入れてやれ」

葛原はいった。北見が扉の錠を解いた。河内山を先頭に私服の一団が入ってきた。河内山のすぐうしろにいたのは、高崎と金子だった。黄英洙の入院先に現われた刑事だ。

「ご苦労さまです」

河内山は室内のようすを見てとるといった。高崎らが部屋の奥に向かいかけ、土田に気づいた。

「土田さん」

「おう。久しぶりやな」

高崎はあっけにとられたように、大出や咲村の顔を見た。

「なんで土田さんがおんのや」

「ここで仕事しとったんや」

土田が答えた。河内山がわずかに眉をひそめた。

「葛原さん、この人は？」

「成滝グループの連絡中継係だ。元は大阪府警の刑事さんらしい」

「公安課の先輩です」

高崎がいった。高崎と河内山だけが動かず、あとから入ってきた刑事たちが工作員を連れだしていく。

河内山は土田を無表情に見つめた。

「怪我をしていらっしゃるようですが、病院にお連れしますか」

「好きにしたらええわ」

土田はいった。葛原は訊ねた。

「成滝から連絡はあったのか」

「あったら、生きてるわけあらへんわ。わしは用済みや」

土田は答えた。

「だったらここを動かすわけにはいかない」

土田はおかしそうに笑った。ヤニで茶色く染まった歯がむきだしになった。

「結局同んなじ、ちゅうこった。相手がかわっただけやな」

葛原は河内山を見た。河内山も興味を惹かれたように土田に目を向けている。

「新今宮はどうなりました?」

大出が高崎に訊ねた。

「膠着状態だ。散発的に発砲をくり返している」

高崎が答えた。

「つかまった安全部は何か喋ったか」

葛原は訊ねた。河内山が葛原を見た。

「何も喋りません。完全黙秘です」

そして土田にいった。

「土田さん、公安時代のご担当は？」

「担当もくそもない。きたない仕事は全部しとったで。あんた、警察庁《サッチョウ》か」

河内山はわずかに頷いた。土田は嘲るようにいった。

「役人らしい考えや。自分らが苦労せんと、外部の者を使うて何とかしよう、ちゅうのは」

河内山は答えなかった。土田は新たな煙草に火をつけた。

「この事務所を捜索させてもらいます」

河内山はいった。

「好きにすりゃええやろ」

河内山は高崎をふり返った。

「救急箱はここにありますか」

咲村が無表情で土田に訊ねた。

「そのキャビネットの中や」

土田は道路とは反対側の壁ぎわにおかれた、ふたつの書類キャビネットを顎でさした。

咲村が扉を開き、救急箱をとりだした。

「土田さん、治療します」

「すまんな」

咲村と土田は奥のソファに移動した。北見が葛原のかたわらに歩みよってきた。

「どうにもならない」

葛原は答えた。北見はあきれたように首をふった。

「拳銃もってるおっかないのをようやく何とかしたと思ったら、憎まれ口叩く、あの金貸しみたいな爺さんひとりじゃ、泣けますぜ」

葛原は苦笑した。

「あの爺さんは自らすすんでデコイになったんだ」

咲村は終始無言で、土田の傷の手当てをしていた。

河内山が葛原に近づいてきた。高崎と金子が机やキャビネットの内部を調べ始めている。

「捜索で何かでると思いますか」

河内山は訊ねた。葛原は首をふった。

「でないだろう。成滝は、ここが安全部につかまれることを予測していた。あの男は、それを承知で囮になったんだ」

土田を目でさしていった。

「今、彼に関する情報を集めさせています」

「警察の調査で落とせるくらいなら、安全部の拷問に、とっくに口を割っているさ」

河内山の顔に初めて、わずかだが落胆の色が浮かんだ。

「ではここをおさえたのは何の役にも立たなかったと――？」

葛原は河内山を見た。

「逆探の手配はしているのか」

「ここの電話ですか？　ええ。つきしだい、こちらに連絡が入ることになっています」

「今はそれくらいだな」

葛原は土田の顔を見つめながらいった。

「しかしなぜ元警官が逃がし屋のグループにいるのでしょう」

「驚くにはあたらないだろう。経験の豊富な刑事なら役に立つに決まっている」

「それはわかります。ですが今回の場合は――」

いいかけた河内山をそこに残し、葛原は土田に近づいた。気づいた咲村がソファを横にずれた。葛原は土田の向かいに腰かけた。

「成滝はデコイの情報もおいていかなかったのか」

「知らんわ」

土田は答えた。そのとき金子が、

「高崎さん」

と声をかけた。書きこみのある道路地図を見つけたのだ。それを見やり、葛原はいった。

「安全部の連中は、それほどひどくあんたを痛めつけなかったようだな」

「喋れんようにしてしもうたら、切れてしまうやろ。それだけのことや」

「成滝は定時連絡を入れるのか」

「そんなもん、あるわけないわ。けどそういうたったら、待っとくかちゅうことになったんや」

「だがかかってこなければそのときこそあんたは拷問されるだろう」

「しゃあないわな」

土田はうそぶくようにいった。そして葛原を見つめた。

「考えとったんやが、お前、東京の高利貸しんとこやろ」

「高利貸しなんていわれると気を悪くするだろうな」

「やっぱりな。聞いたことあるわ」

「成滝と組んでどのくらいになるんだ?」

「二年、やな」

咲村が反応した。

「じゃあ警察をやめてすぐ、じゃないですか」

「しゃあない。食わなあかんからな」

土田は動じるようすもなくいった。

「あんたは腕ききの刑事だったのだろ」

「忘れたわ」

葛原は咲村を目でさした。

「彼女をしこんだのはあんたなのだろ。非常に優秀だと思うがね」

「ボロがでんうちに手ぇ引け、咲村」

咲村は怒ったように土田を見つめた。

「もう上司じゃないんですから。それどころか今は被疑者じゃないですか」

ははは、と土田は乾いた笑い声をあげた。葛原はいった。

「あんたは安全部に拷問されて殺される気など初めからなかったと思うがね」

「それは誰だって死にたいわけあらへんやろ――」

「葛原さん」

河内山が呼びかけた。金子が見つけだした地図を高崎とのぞきこんでいる。

葛原は立ちあがり、歩みよった。新潟の直江津港の近辺だった。いくつかに薄くラインが引かれている。

「どう思います？」

「どこにあった？」

「そこの電話帳のあいだだ。すぐにとりだせるが、簡単には発見できない」

キャビネットのかたわらに積まれた電話帳をさして金子がいった。

「デコイだな。それもごく初歩的なやつだ」

葛原は河内山にいって、ソファに戻った。

「一応、手配しろ」

河内山が命じた。土田はやりとりにまったく興味を示していない。葛原はいった。

「あんたは警察が動くのを知っていた。だから悠然としていたのじゃないか」

「アホくさ。なんでそうなるんや」

「定時連絡をするのは、成滝じゃなくあんたの方だった。連絡が絶えれば自動的に救出がおこなわれるよう手配済みだった。そしてあんたは、安全部の連中を足止めして時間を稼ぐか、最悪でもデコイの情報を流せる」

土田はしげしげと葛原を見た。

「命がけでか」

「成滝も命がけだ。あんたらのグループはこの仕事に命を張っている」

「なんでそんなことせんならん？」

「成滝には理由がある。そのことを警察官時代からあんたは知っていたのじゃないか」

土田は答えずに葛原を見つめていた。

「仕事じゃない。愛国心だ」

葛原は告げた。

「そしてあんたは公安にいた頃からすでに成滝とつながりがあった」

土田は煙草の煙を吐いた。

「お前、名前何ていうんや」

「葛原」

「葛原か。そういや、お前、成滝とちっと似てるな。あれは男や。わしは成滝をエスにしたったろ思うたけど、ミイラとりがミイラになってしもた。それでわかるやろ」

葛原は息を吐いた。

「安全部は林忠一を暗殺する目的で今は動いている。成滝は最後まで林を守れると思っているのですか」

いつのまにかかたわらに立っていた河内山がいった。

「守れんかったら、それまでやろ」

土田は他人事のようにいった。

「こちらは林忠一を拘束すると決めているわけではない。彼が来日した目的いかんによっては協力することも可能です」

「そんなことはわいには関係あらへんな。直接いうたったらどうや」

「どこにいるんです」

「わいにもわからんわ。成滝が動かしとるんや」

「彼からの連絡は入るのか」

葛原は訊ねた。

「入るかもしれんし、入らんかもしれん。これだけ大ごとになっていれば、連絡をせんでもおおよそのことはつかめるやろ」

土田は静かな声でいった。葛原は河内山を見た。

「ここのことを知っている人間が警察の内部にいる。もしこのおっさんが本当に殺されそうになったら、助けに現われる者がいた筈だ」

それを聞いて咲村の表情がかわった。

「本当ですか、土田さん！」

「知らんな」

「教えて下さい！　土田さんは府警をやめたあとも、誰かと連絡をとっていたんですか?!」

今にも食いつきそうな権幕だった。

「何を怒っとるんや」

「わたしは——」

いいかけ、咲村は荒々しく息を吐いた。その目にうっすらと涙がにじんでいることに葛原は気づいた。

「わたしは……信用されていなかったんですね……」

咲村は今にも泣きだしそうなのをこらえているような声でいった。

「かなわんな、もう……」

土田はつぶやいた。

「かわらないな、土田さんは」

高崎があきれたようにいった。咲村は下唇を強くかみ、土田の顔を凝視している。

「いって下さい、土田さん！　土田さんはわたしをまったく信用してなかった——」

咲村が鋭い声をだした。

「何、ヒスおこしとんのや。こんな奴のでたらめ聞いて」

土田はいった。

「でたらめだとは思えません。葛原さんは今の土田さんと同じ仕事をしているベテランです」

「なんや、咲村、こんなんがタイプやったんか」

土田は葛原を見やっていった。咲村が怒りに顔を赤くした。葛原はいった。

「彼女を巻きこみたくないのだろうが、もうそれは無理だ。本当のことを話してやったらどうだ」

土田が初めてむっとしたような顔をした。

「偉そうに何いうとんのや」

「あんたは彼女がSPになったのを知っていた。だから仲間にしなかった。協力を要請したのは今も公安にいる人間じゃないのか」

「知らんな」

土田は葛原の目を正面からとらえていった。

「お前こそ、こんな面《メン》が割れるような仕事して、引退する気か」

「どうなるかなんてわかりゃしない。だが引き受けなければ、クライアントと顔を合わせたこともないような仲間までパクるとおどされたんでね」

土田はちらりと河内山を見やった。

「警察庁《サッチョウ》のお偉いさんも、現場の公安とやることがかわらんな」

そして咲村にいった。

「だから、辞め、いうたんや」

葛原はその言葉がもつ意味に気づき、河内山をふり返った。

「このおっさんが成滝とつながっていることを知っていたな」

河内山は意味がわからないふりをした。

「どういうことです」

葛原は咲村を目でさした。

「彼女は彼の教え子だ。その彼女を私たちのボディガードにつけた。それによって彼女が彼とつながっているかどうかを確認しようとした。たぶん――」

大出を今度は見て葛原はいった。

「彼女の動向を監視するように上司からいわれていた筈だ」

「何いってるんだ――」

大出が焦ったように河内山と葛原を見比べた。葛原は河内山に目を戻した。

「あんたと府警の上層部は、このおっさんとつながっているのが誰だかつきとめたかったというわけだ。だが残念だが、彼女じゃなかった。そして――」

最後に土田を見すえた。

「こうなることを、あんたは予期していた」

土田は鼻を鳴らした。

「頭がええのんをそんなにひけらかしたいんか、お前」

「そうじゃない。もう私がここで黙っていたら、わかっている人間といない人間のあいだに不公平がでる。命をかけているのは、わかっていない人間の方なんだ」

土田は笑い声をたてた。

「不公平か。こら、おもろいな。その通りや」

河内山を見た。

「賢いなあ、ほんま。あんたが連れてきよった奴は。ほんまもんのプロや。成滝とええ勝負や」

「それはどうですか。彼は警察のことはよくわかるようだが、成滝の行方については一歩も進んではいない」

河内山がひどく冷ややかに聞こえる声でいった。北見が怒ったように河内山をにらんだ。

咲村が口を開いた。

「土田さん、公安がどうとかの問題じゃありません。人がたくさん殺されています」

もう怒りや悲しみから立ち直ったような顔だった。

「そうや、それでこそ警察官や。元気がでてきよったな」

土田は子供をあやすような口調になった。

「土田さん！」

葛原は河内山にいった。

「このおっさんと二人で話がしたい」

「話すことなんぞないわ。早《は》よ、連れていかんかい」

河内山は探るような視線を葛原に向けた。葛原は咲村を示した。

「もし監視が必要なら、彼女を残してもらおう」

「わかりました」

河内山はあっさりと頷いた。そして高崎をふりかえった。

「ここは葛原さんに任せましょう」

高崎はじっと葛原を見つめ、吐きだした。

「同業者どうし、話があうというわけですか」

14

男たちがでていくと、葛原は椅子をひとつ引き寄せ、土田の向かいに腰をおろした。咲村は少し離れた位置に所在なげに立っている。

「今度は刑事の真似か、えらい器用な奴《やっ》ちゃな」

土田は新たな煙草に火をつけ、いった。

「親父もお袋も役者だった。だから子供の頃から物真似だけは得意だった」

葛原も煙草をくわえ、いった。土田はそれを聞くと、興味深げに葛原を見つめた。

「どんな役者や。新劇か」

「旅芝居だ。どさまわりの」

「なるほど、おもろいな」

葛原は頷き、無言で煙草を吸いつづけた。葛原が何もいわないので土田が不審げに訊ねた。

「なんや、何も訊かへんのか」

葛原は咲村を示した。

「俺は、彼女とあんたとがゆっくり話せるようにしたかっただけだ」

咲村が驚いたように葛原を見た。葛原はいった。

「もともとこの仕事は最初からうまくいきっこないと思っていた。成滝はプロだ。プロが本気でかかっている仕事を、いくら同業者だからって簡単に読める筈がないんだ。ただ、いったように、やるっていう意志を見せなけりゃ仲間がパクられる。だからポーズをつけなくてはならなかったんだ」

そして煙草を灰皿に押しつけた。

「よけいなお節介かもしれないが、このおっさんは今でもあんたのことを大事にしている。だからこぎたない輪の外側にあんたをおいたのだと思う」

「偉そうにいうな、ほんま」

土田は感心したようにいった。そして葛原から咲村に目を移した。

「みんな芝居や、咲《さき》。わかっとるやろ。こいつはお前をひきこみたいんや」

「わたしはもう大丈夫です」

咲村は低い、感情を抑えた声でいった。

「それより土田さん、府警に内通者がいるというのはどうなんです」

「おったらあかんのか。わいは別に懲戒免職くろうたわけやない。昔の仲間と会《お》うて、話くらいするやろ」

葛原はデスクの上におかれたコンピュータのキイボードを指先でなぞった。

「あんたはこの一件が政府に知れれば、大ごとになるとわかっていた。だから警察の動きを前もって知ろうとした筈だ」

「政府、政府て、しょせん役人やないか。警察庁《サッチョウ》がお前みたいのんを連れてくるんは、何ぞあったときに自分がトバされたくないからにきまっとるわ。今度の件は公安の縄張りや。けど、事前情報がなかったら、公安は何もできん。といって刑事に協力を求めたら、すぐにマスコミに洩れよる。そこで苦肉の策で、お前を連れてきたんやろ」

「でも転んでもただでは起きない公安は、わたしが土田さんのエスかどうかを確かめようとした、そういうことですか」

咲村がいった。

「そや。今度のことは、林の身柄うんぬんの話だけやない。府警公安部や警察庁のしょうもない足の引っ張り合いがからんどるんや」

「あの河内山という男は、これが博打だとわかっている。派手な騒ぎが次々に起きているがマスコミには洩れないよう、片端からねじ伏せている。この件で失敗すれば、彼は終わりだ」

「そんな根性ある奴には見えんかったな」

土田はつぶやいた。葛原は土田を見つめた。

「あんたがデコイを買ってでた理由は何だ」

「決まっとるやろ。成滝のためや」

「それはわかる。だがそれだけじゃない筈だ。今度の件で、成滝グループは、グループとしては終わりだ。メンバーの大半が警察に割れる羽目になった。つまり、もう同じ仕事は二度とできなくなるんだ。愛国心から動いている成滝はともかく、あんたや他のメンバーには、とても割にあう仕事じゃない」

「あとは銭やろ」

「それだけのものを成滝は払うといったのか。死ねば終わりだというのに」

葛原は冷静にいった。

「何がいいたいんや」

土田はいらだたしげにいった。

「あんたが警察を辞めた理由は何だ」

「飽きた。それだけや」

葛原は咲村を見た。咲村がこわばった表情でいった。

「土田さんはある日、突然辞めてしまわれたんです」

葛原は咲村に訊ねた。

「あんたがSPを希望したのは、彼が警察を辞めたからか」

咲村はすぐには答えず、深々と息を吸いこんだ。

「自信がなくなったから……。土田さんがいたときは、土田さんを尊敬していたから何も迷いがなく仕事をしていられた。でも土田さんが辞めてしまわれたら、自分の仕事がいったいどういうものなのかわからなくなった」

「もともと向いてなかったんや。公安の仕事は、白黒はっきりつくもんやない。悪者つかまえてめでたしめでたしやないんや。けどこの咲村は、警察をそんなとこや思て入ってきたんや」

「――土田さんのいう通りです。わたしは――」

いって咲村は息を吸いこんだ。

「わたしは、公安には向いてなかった。正義の味方でいたかった。自分の仕事に何の迷いもなく、正しいことをしている、そう思っていたかった……」

「SPになりゃ、相手にすんのはテロリストや。どんな理由《わけ》があろうと、人の命狙って襲ってくるんは悪い奴に決まっとる。だから、迷わんと仕事ができる、そう思ったんやろ」

土田はいった。咲村は答えなかったが、表情は肯定していた。

「前にいうたったな。公安やろうが刑事やろうが、警察の現場の仕事いうんは、頭使うたらいかん、て。頭使うたら、わけわからんようなってしまうのがオチや。けどお前は頭使うて苦しんでしもた。それやから、今度は頭使わんでええ職場を選んだ、ちゅうわけや」

「そんな身も蓋もないいいかたしなくても」

咲村はすねたようにいった。

「あんたが成滝を手伝ったわけがわかったよ」

葛原はいった。土田は不思議そうに葛原を見た。

「なんや、急に」

土田は無表情になった。

「林忠一の来日には、何か大きな目的がある。その目的には、誰にとっても重要な問題が関係している。この場合の誰というのは、あんたのいう役人――政府じゃない。ふつうに暮らしているおおぜいの一般市民だ」

土田は目だけを動かした。

「つまりはどういうこっちゃ」

「わからないが、おおげさにいえば戦争になるとかならないとか、そういう問題じゃないのか」

咲村が目をみひらいた。土田は無言だったが、やがて低い声でいった。

「おおげさやない。林の動き次第で、何万人ちゅう人間が死ぬかもしれんのや。つまりは大義ちゅうやっちゃ」

葛原は黙った。

「――本当ですか」

かろうじて聞きとれるほどの声で咲村が訊ねた。土田は頷いた。

「けれどこの国の人間は、誰ひとりそのことに関係することはできんのや。何ひとつ、その問題を解決する役には立たんのや」

土田は鋭い目を葛原に向けた。

「これでお前も仲間や。お前のでかたひとつで、戦争が食い止められんようになる」

葛原は無言だった。

「どないする？　お前が刑務所入りとうないばっかりに、何万ちゅう人間が死ぬかもしれんのやで」

「だったらそのことを河内山に話してやったらどうだ」

「わしはお前に訊いとんのや。お前が現場を動かしとるのやろうが」

「安全部が林忠一を暗殺してしまったらどうするんです」

咲村がいった。

「成滝はそんなアホやない。林の居場所は誰にもわからんわ」

葛原は土田を見つめた。

「林はそうかもしれない。だが安全部が林の接触する相手をマークしていたらどうする」

土田は片方の眉をあげた。

「何のことや」

「あんたは戦争を防ぐことについて日本人は何もできない、といった。とすれば、林が日本にきている理由は、別の国の誰かと日本で会って戦争を防ぐ手段を講ずるためだろう。その誰かを安全部がマークしていたらどうするんだ」

土田の顔がこわばった。自分の言葉が葛原に手がかりを与えてしまったことに気づいたのだった。

「……運命やろな、そんときは」

土田は吐きだした。

「そんなのおかしいわ。警察官僚だって、出世ばかりを考えてる人だけじゃない。わたしたちが林忠一を守ることもできるんです」

咲村がいった。

「河内山がそうや、いうんか」

土田は厳しい目を咲村に向けた。

「それは……わたしにはわからない……」

咲村は首をふった。途方に暮れたような表情が浮かんでいた。

そのとき、「淀川情報サービス」の玄関の扉がノックされ、北見が顔をのぞかせた。

「まだ、かかりますか」

土田が葛原と咲村を見比べた。

「まあ、お前ら次第、ちゅうこっちゃ」

「そんな——」

咲村が言葉を詰まらせた。

「もう少し、くれ」

葛原は北見をふり返っていった。北見は無言で頷き、扉を閉めた。

葛原は土田にいった。

「いざとなれば、あんたは我々に話したのと同じような話を河内山にするだろう。河内山がそれをどう判断するかはわからないが、少なくとも現場の意気を喪失させることには成功したというわけだ」

「わしの話を一笑に付すほどのアホやったら、はなからお前を連れてはこんやろ。けど役人ちゅうんは、他人のためっちゅう発想がない。ここで手引いたら戦争が防げるとわかっとっても、自分の立場上引けん思たら、つっこんでくるやろ。そやからお前らに話したんや」

土田は落ちついた口調でいった。

「安全部が、接触する相手の線から林忠一に辿りつくことについて、成滝はどう考えているんだ」

葛原は訊ねた。土田はすぐには答えなかった。話したものかどうか考えているのだった。

「――どこにでもスパイはおる。当然、それを見こしての接触になるやろな」

やがてそう答えた。

「セッティングはすべて成滝がやるのか」

「それはわからん。わいにはな」

土田が首をふった。そして葛原の目を正面からとらえた。

「お前がケチな犯罪者やない、と思うからここまで話したった。どうなんや」

「成滝と話したい」

葛原は告げた。土田の表情がかわった。

「何やと」

「成滝がどういう方法を考えているかを聞きたいんだ。それによっては、安全部の暗殺を防ぎきれないかもしれない」

「成滝をコーチする、いうんか」

「俺は成滝とは、何の縁もなかったし、恨みもない。だがいい仕事をする同業者とは、知っていた。俺が今していることは、成滝にしてみればひどく腹の立つ行為だろう。だが一方で、チームのメンバーの命を助けているのも事実だ。成滝は、死人がでることまでおりこみ済みだったかもしれないが、安全部の動きは予想以上に早いし、容赦がない。在団の特務も総力をあげて安全部に協力している。今のままでは、林忠一の暗殺は防ぎきれないかもしれない」

「今さら何をいうとんのや。成滝に警察と手ぇ組め、いうんか」

葛原は首をふった。

「そうじゃない。俺たちの出現が、安全部の追及を鈍らしているのだから、今後もそれをつづけてやろうというのだ。警察は関係ない、というよりは、警察には知らせずに、外部から協力しようといっている。俺と彼女とで――」

咲村を示した。咲村もあっけにとられたような顔になった。

「つまり、お前らが攪乱工作をするっちゅうことか」

「そうだ。ただしそのためには、河内山に強制された今の仕事をつづけるふりをしなくてはならない」

土田は顔をしかめた。

「なんでそんな面倒くさいことせなあかんのや」

「あんたの言葉と自分の勘を信じた結果だ。あんたが俺の申し出を呑めば、ここにあんたをそのままおいておく。あんたは成滝と連絡をとりつづけることも可能だ。中継基地を成滝は失わないですむ」

「交換条件は、成滝と話すことか」

「そうだ」

葛原は土田を見つめたまま、頷いた。

「待って、わたしはどうなるの。わたしも警察を裏切るわけ」

咲村が叫んだ。葛原はいった。

「ふたつにひとつだ。よき警察官であることを選ぶか。自分に疑いを抱かないですむ道を選ぶか」

「林忠一が正しいとどうしてわかるの。戦争を起こそうとしているのは彼かもしれない。あるいはクーデターを起こして、自分の国民を大量に死なせるかもしれないでしょ」

「その通りだ。私がそれを判断するのは、成滝の言葉からだ」

「成滝は犯罪者じゃない。警察の追跡をかわすためなら、どんな嘘だってつくわ」

「じゃああんたの尊敬する上司は、そんな男に命を預けたというのか」

「そういう論理はまちがってる！　命を預けたから正しいとか、そういうことにはならない筈よ」

咲村は激しい口調でいった。

「そうだ。だが私たちはどれかを選択しなければならない。誰も信じないか、誰かを信じるか。信じることの裏付は行為によってしか得られない」

咲村は喘《お》ぐように深呼吸した。土田が口を開いた。

「これは降りられんな、咲。この勝負は途中では降りられん。葛原は、それをよう知っとんのや」

「わたしだって降りない」

「だったら選ぶんだ。職務か、君の先輩の言葉か」

「いうとくが、わいはお前を信用するとは決めてないで。成滝にいうたら、そんなもんカスや、ほっとけ、いうかもしらん」

「もしカスと思うなら、このまま追跡をつづけるまでのことだ」

葛原は静かにいった。

「なんでそこまでする。適当に手ぇ抜いてやったろ、思わんのか」

「手を抜いて相手ができると思うか。安全部と在団特務が。我々はもう、首まで漬かっているんだ」

土田は無言で葛原を見すえた。鋭い目だった。葛原から目をそらさず、いった。

「咲、決めぇ」

「土田さん……」

「お前はいうたな。なんで自分を信用してくれんかった、と。信用したる。そのかわり、こいつが裏切ったら、お前がこいつを殺すんや」

「土田さん！」

咲村は悲鳴のように聞こえる声で叫んだ。

「もし裏切りよったら、ほんまもんの悪《わる》は、こいつや。こいつのせいで何万人ちゅう人間が死ぬんや。わいの言葉を信じろ。公安で飯を食ってきたすべてを賭けてもええ。わいは正しい側についとる」

「……本気ですか、土田さん」

咲村が恐怖を感じている声でいった。

「本気や」

葛原は深々と息を吸いこんだ。

「取引は成立だな。当然ここは警察の監視下におかれるが、そのぶんあんたの安全は保証される。あとは成滝から俺に連絡をよこしてもらいたい」

「それでお前はどうするんや」

「もちろん成滝を追いつづける。そうしなければ攪乱工作にはならないからな。たぶん、在団特務は俺たちにも矛先を向けるだろう」

「咲はどうする」

「わたしにも条件があります」

土田が目を動かした。

「何や」

「府警のエスをわたしに明かして下さい。信用して下さるというのなら、できる筈です」

土田の目がみひらかれた。ふっとその唇がほころんだ。

「お前、強うなったたな」

咲村は答えなかった。何か耐えるような表情で土田を凝視していた。

「ええやろ。増淵《ますぶち》や」

咲村はほっと息を吐いた。

「やっぱり……」

土田が葛原にいった。

「増淵は、咲が公安時代、コンビを組んどった奴や。恋仲になったたんがわかったんで、わいが引き離した」

「土田さんが辞められたんで、公安に戻っています。でも、あれきりです」

「わいが因果を含めた。増淵は根っからの公安や。人の秘密が大好きなんや。いっしょになったら、お前らは絶対にうまくいかへんかった」

咲村はそれには無言だった。

「話を聞いていると、なぜ彼女があんたを尊敬したのか、理解ができないね」

「それがわかりたかったら警察官になるのやな。もう遅いやろが」

再びノックがあった。今度は河内山だった。河内山は咳ばらいし、いった。

「申しわけありませんが、我々に与えられた時間は、それほど豊富ではないのです」

「もう終わった。彼は、我々に協力してくれる」

葛原はいった。河内山はわずかに首を傾け、驚きを表わした。

高崎と金子、そして北見と大出が河内山につづいて、「淀川情報サービス」のオフィス内に入ってきた。

「ここを警察の監視下においた状態で、中継基地をつづけるそうだ」

「で、成滝の現在位置は？」

河内山が訊ねた。

「それはわしにもわからん。さっきみたいに拷問をされてもかなわんからな。教えんでえ、いうたんや」

河内山はしげしげと土田を見つめた。

「それで協力することになると？」

「彼は府警内部のエスについても進んで話してくれました。公安一課の増淵警部補です」

咲村がいった。葛原は土田を見た。土田は無表情だった。驚きの表情を浮かべたのは、高崎と金子だった。

「どのていどの協力をしていたのかね」

河内山が訊ねた。

「お偉いさんの動き、身辺護衛や。わしからの連絡がなければ、見にきよる」

土田は低い声で告げた。高崎がほっと息を吐き、厳しい目で咲村を見た。

「彼をここに残す以上、その警部補にも触らない方がいい」

葛原はいった。河内山が葛原に目を移した。

「それはこちらサイドの問題だと思いますが――？」

「何らかの人事制裁がおこなわれれば、在団にその情報が流れます」

咲村がいった。

「在団は警察ＯＢとコネをもっていますから」

河内山は小さく頷き、

「で？」

と促した。葛原は口を開いた。

「成滝は当然、警察の動きを予測している。だが奴が最も神経を尖らせているのは、安全部と特務の動きだ。安全部は当然、来日の目的を林忠一の暗殺に切りかえるだろう。あんたとしてはどっちを優先する？ 林忠一の発見か、暗殺の阻止か」

「それは途中までは一致する目的です」

「あくまでも途中までだ」

河内山はつかのま沈黙した。

「あんたひとりでは決められないか」

河内山は怒ったようすもなく答えた。

「すでに警察庁の警視正ひとりの首ではすまないほど事態は進んでいます。ですが計画の立案者として、私は現場を統轄する権限を与えられています。もちろん、とりあげられるまでですが」

「そうなったとき、我々の契約はどうなる？」

北見が緊張した表情で河内山を見た。

「可能な限り、履行されるよう働きかけます。今はベストの結果をだすことが、そこへ向かう一番の近道です」

「で、どっちをとるんや。林忠一か、暗殺の阻止か」

土田が訊ねた。河内山はわずかに顔をあげた。

「暗殺の阻止です。その上で、林忠一との接触」

咲村がすっと息を吸いこんだ。河内山がいった。

「官僚としての私の立場を優先するなら、この順序と逆になるでしょう。ですが私は、日本の外交的な立場も考えたい。林忠一の極秘の来日が何ごともなく帰国につながれば、公けにはなりません。しかし万一、我が国で暗殺されるようなことになったら、日本は国際社会の笑い者になる。そのときは、彼の来日目的も明らかになるでしょうし、日本政府が知りませんでしたではすまされない」

葛原は土田を見た。

「それやったら、筋が合《お》うてるわ」

感心したようすもなく、土田はいった。

「成滝から連絡があった場合、このことを林に伝えていただけますか」

「それは成滝次第やな」

河内山は葛原を見た。

「で、葛原さんの今後の予定は？」

「ここで話すわけにはいかないだろう。話せば成滝に筒抜けになる」

葛原はいった。河内山は苦笑した。

「その通りですね」

「とにかくここをでよう。いい加減、くたくただ。少し眠りたい」

河内山は頷いた。

「確かに長い一日でした。ですが、それほど長い睡眠は提供できそうにありません」

「わかっている」

15

高崎が大阪市内のホテルを手配した。新大阪駅の近くだった。北見の運転するワゴンでホテルに向かうあいだ、大出と咲村は、むっつりとして口をきかなかった。大出が不安げな表情を見え隠れさせているのに比べ、咲村の顔はすべての感情を押し殺していた。

チェックインをすませ、葛原と北見がツインルームに入ったのは、午前四時近くだった。シャワーを交互に浴び、ベッドに横たわった。

「まったくどうなっちゃうんですかね」

備え付けの冷蔵庫から缶ビールをだして栓を開け、北見がつぶやいた。

「時間が解決するさ。林はなにせあと長くて三日しか日本にはいられない。アクシデントの発生を考慮に入れているとすれば、二日だな」

「二日か」

北見はいって、ため息を吐いた。ホテルの窓からは、高速道路が走る大阪の街が見えた。繁華街にそれほど近くないせいか、けばけばしいネオンサインはない。

「で俺たちはこれからどうするんです？」

「これまで通り、成滝を追う」

「でも手がかりが……」

「あるさ」

いって葛原はベッドの上にうつぶせになり、北見の缶ビールに手をのばした。ひと口すすっていった。

「『淀川情報サービス』にあった地図だ」

「ああ、直江津港の？　あれはデコイじゃ……」

葛原は頷いた。府警外事課の刑事が手配したこのホテルの部屋に、盗聴器がしかけられていたとしても驚くにはあたらない。したがって土田との話しあいの内容をここで口にする気はなかった。

「問題は成滝が、追っ手の頭をどのていどと考えているかだ。たいした相手でないと思っているなら、デコイの場所には寄りつきもしない。だが裏をかくつもりなら、あからさまなデコイは逆に安全地帯になる」

「――日本海か。いずれにしても林は、あっちから船に乗る他ないんですよね」

北見は缶ビールを口もとにおいたままいった。

「そうだ。安全部と特務もそのことは承知している。だから最後はそこで網を張るだろう」

林がその裏をかく可能性はないか。葛原は考えてみた。

ひとつある。亡命だ。林が母国に帰らないと決めてしまえば、日本海での網はまったくの無意味だ。

しかし亡命をすることは、戦争を防ぐという目的とはつながらない。

戦争を防ぐためには、外国政府の何らかの協力か、合意をとりつけた上での帰国が必要となる。

同じ理由で、林忠一が暗殺されれば、日本における林忠一の活動は無駄になるだろう。

「日本海ですか」

北見がくり返した。葛原のチームは日本海をルートとして使うことが少ない。康美鈴の別れた亭主の存在があるため、太平洋、台湾ルートを選ぶことが多い。

同じルートを使いつづけるのには理由があった。小さな変化でも、ふだんとの状況のちがいで、危険の発生を未然に察知できる点だ。

使い慣れないルートでは、そのあたりの微妙な差異を嗅ぎわけることが難しくなる。

日本海に飛ぶべきだろうか。

葛原は考えていた。日本海への移動は、安全部や在団特務も当然、予想している。すでに戦力を分散させ、港や海岸線に配置しているかもしれない。

舞台が日本海に移れば、葛原らと安全部を比べた場合、状況は安全部側に有利だ。林忠一がどのような手段で日本に上陸したかは不明だが、安全部には、これまで日本海を経由して工作員を日本に上陸させてきたノウハウがある。それをもとに、林忠一を発見する網を張ることは容易だ。

かりに運よく葛原らが成滝グループと林忠一を発見できたとしても、その場に安全部が居あわせる確率は高い。小規模な戦闘といえるくらいの衝突が起こるだろう。北見をそれに巻きこみたくなかった。

葛原が土田に申しでたのは、いわば葛原らがデコイとなって安全部・在団特務を引きつける作戦だ。安全部は、葛原らが林忠一を発見するまでは手をだしてこない。

気づくと、北見の軽い寝息が聞こえた。ベッドのヘッドボードに背中をもたせかけたまま寝入っている。

葛原は成滝のことを思った。まだ一度も会っていない、腕利きの同業者。日本人ではないが、たぶんこの国に生まれ、育った男。それによってさまざまな経験をしたろうし、〝逃がし屋〟という特殊な仕事のエキスパートとなった。

暴力団などの組織に属さない、フリーの〝逃がし屋〟は、決して多くはない。技術と頭脳、それにコネクションが必要とされるし、見合うだけのギャランティを払えるクライアントは、もっと少ないからだ。

それだけのメンバーと行動力を駆使できるグループならば、金を儲ける方法は他にいくらでもある。法を踏み外すことを前提とした仕事なのだ。ならば、より楽で大金が稼げる道を選んで不思議はない。

成滝が〝逃がし屋〟になったのは、何のためだったのだろうと考えるのは、しかし無意味なことだった。裏社会は、暗い川のようなものだ。その川は、ときに流れが激しく、ときにゆるやかになる。生きのびるためには、いずれにせよ、その流れに逆らうことはできない。

流れにのってもがいているうちに、偶然ひっかかり、たどりついた場所が〝逃がし屋〟という商売だったのだ。その点では、葛原にも大差はない。あとから考えれば、他のこともできたかもしれないと思うが、暗い川の流れに翻弄されているあいだは、流れつけた場所に懸命につかまる他ないのだ。そこから手を離したら、次にどんな場所に流れつけるのかは想像もできない。流れつけないまま沈んでいく者はたくさんいる。裏社会の暗い川は、どれほど多くの者を川底に沈めようと、決して浅くはならない。

自分が成滝だったら、どのような手段をとるだろうか。

葛原はスタンドの明りを消し、暗くなった部屋の天井を見つめた。

ぎりぎりまで日本海には近づかないだろう。

確かに日本海側には、人目に触れない建物はたくさんある。金沢などの大都市周辺を除けば、二、三日潜んでいたとしても誰にも気づかれないような施設を用意することは可能だろう。一方で、そうした場所は、発覚すると、代替が不可能となる。人目に触れにくいということは、反面、異常が目立ちやすいという弱点も共有しているのだ。

ふだんめったに人のいないような廃屋同然の建物に、何人もの人間が集まっているのを、近くの住人に目撃されたらどうなるか。たとえそれが貸し別荘のような建物であったとしても、「珍しいできごと」として情報は広まっていく。警察の注意を惹いたり、在団特務の網にひっかかりやすくなるのだ。

そしてそのような人けの少ない場所は、襲撃する側にとっては、思いきった手段をとりやすい条件を備えている。

成滝が、林に対し重装備のボディガードを用意しているなら別だが、そうでなければそうした場所に林をおく愚はおかさない筈だ。

まして林は、この日本国内で、別の国の人間と接触をする目的があるのだ。外国人どうしの接触が、田舎で人目を惹かない筈はない。

とするなら、成滝が選ぶのは、都市ということになる。金沢か。金沢には確かに、外国人を含めた観光客は多い。

金沢には、デコイを送る——ふと葛原は思った。葛原が成滝なら、金沢はデコイのおき場としてぴったりだ。

大阪はどうなのか。

大阪は、成滝の地元だ。それだけ警戒網を張りやすい、という利点はある。だが一方で、追っ手が迫った場合、距離によって時間を稼ぐことができない。わずかでも痕跡を発見されたら、一、二時間のうちに追っ手に包囲されてしまうだろう。在団特務と安全部は、大阪から追跡活動をスタートさせているのだ。

京都。

ふと葛原は思った。大阪に近く、しかも外国人の観光客が多い。距離的な面でも時間を稼ぐことができる。しかも日本海側とつながっている。

暗闇の中で葛原は目をみひらいた。京都か。

候補地としてはまず最適だ。かりに、京都にもデコイをおくとしたら、次に自分ならどこを選ぶだろうか。

東京だ。地の利はないが、東京を選ぶ。最も多くの人間が出入りし、最も多くの宿泊施設があり、接触する国の大使館もおかれている。

ただし東京には、マスコミの関係者や在団の人間など、林忠一の顔を知る者が多い。いくら群衆にまぎれこめるといっても、顔をさらす危険をおかすだろうか。

変装だ。

葛原は気づいた。成滝は、林忠一に変装を施さなければならない。デコイには前もって林に似せた変装を用意できるが、林本人には、来日してからでなければメイクを施せなかった筈だ。

しかもそのメイクをおこなう人間は、林と行動を共にしている。安全部の追跡をかわしつづけるためには、日替わりの変装すら必要になるかもしれないからだ。

デコイとのちがいはそこだ。成滝がたとえ林と行動を共にしていなくとも、顔師は林と離れられない。

成滝グループの顔師が、本物とデコイを見分ける鍵になる。

葛原は目を閉じた。眠れるのは、せいぜい二、三時間といったところだ。

土田への言葉とは裏腹に、自分は成滝に少しずつだが近づきつつある——その実感があった。

だが成滝と林を発見したら、どうするのか。

葛原は答をだしていなかった。

いや、そうではない。発見することが、既に葛原にとっては答となってしまうのだ。発見してしまえば、あとの判断は河内山と日本の政府にゆだねられることになる。

そうならないためには、自分は林を発見してはならない。しかしそれは自分とメンバーの破滅を意味する。

今は時間を稼ぐ他ない。自ら北見に告げた通り、時間がたてば、結果がでるのだ。

16

午前七時に電話が鳴った。北見が唸り声をあげ、寝返りを打つのを見ながら、葛原は受話器をとった。頭の芯に重たい壁ができている。

「おはようございます」

咲村の声だった。

「今、下にいます。河内山さんもみえています」

「わかった。顔を洗って降りていく」

受話器をおいた。北見がベッドから降り立った。

「大丈夫か、北さん」

首を回しながら、一拍おいて答えた。

「葛さんより若いですからね。弱音は吐けない。こうなりゃとことん国家権力とつきあってやる」

葛原は頷いた。北見が洗面所を使っているあいだに、携帯電話から米島に連絡をとった。

京都の地図を用意してもらうためだった。

葛原と北見がホテルの一階にあるカフェテリアに降りていくと、咲村、大出、河内山の三人が奥のテーブルにすわっていた。新聞が数紙、おかれている。

アメリカンスタイルの朝食を注文し、葛原と北見は隣のテーブルに腰をおろした。

河内山が新聞を手に立ちあがった。

「よろしいですか」

「どうぞ」

「阿倍野区松崎町のアパートですが、おっしゃる通り捜索してみたのですが、死体は発見されませんでした。家探しをした形跡はありました。しかし血痕などは残っていません」

「妙だな」

葛原はつぶやいた。

「畑谷加奈子の身辺について、少し調べてくれないか」

「手配してあります。畑谷加奈子が在団と関係があるかどうかも含めて」

葛原は頷いた。

「新今宮のビルはどうした」

「夜明け前に機動隊が突入しました」

「つかまった？」

トーストにバターを塗りながら北見が訊ねた。河内山は首をふった。

「全員自殺しました。咲村巡査部長に撃たれていた工作員を射殺し、服毒したんです」

北見は呻いた。

「黄英洙は何か喋ったか」

「いえ。まったく何も喋りません。府警公安部の調査で、これまでのところ、在団の特務か、それに近いと思われる人間が三十名ほど行方不明になっています」

葛原はコーヒーを口に運んだ。

「新潟県警に指示をして、直江津港周辺のパトロールと、付近インターチェンジに検問を設けてあります」

「たぶん、在団特務がひっかかってくるだろう」

葛原はつぶやいた。

「林は新潟にはいないと?」

「奴はぎりぎりまで日本海に近づかない」

「ではまだ大阪にいるのでしょうか」

葛原は河内山を見た。疲労しているようすはなかった。先の結果を考えず、目前の問題をひとつひとつ確実に処理していくつもりのようだ。

「いないと思うね」

わずかの間をおいて、葛原は答えた。河内山は頷いた。

「やはりそうですか」

「在団特務を封じこむことはできないか」

「警察ＯＢのコネを使って、在団の上層部とコンタクトをとっているところです。ただし青年指導部長の金が行方をくらませている以上、あまり効果は期待できません。在団は早くも、きのう逮捕した特務を釈放するよう弁護士をたててきています。本国からのかなり強い指示がでているようです」

「政治家はどうしてる？」

「官房長官には報告を送っています。現在は静観しているようです」

「アメリカからは何かいってきたのか」

葛原は目玉焼にナイフを入れながら訊ねた。食欲はないが、食べられるときに食べておかなければならない。

河内山はすぐに答えなかった。

「――今のところは何も」

「林が会うとすればアメリカ人だ」

「なぜそう思うんです？」

「一足す一は二」

北見がいった。河内山はちらりと目を向け、答えた。

「政府が静観を決めこんでいるのは、アメリカ側から公式・非公式を問わず、何の要請もないからです」

「つまりカヤの外か」

「ええ。動いているのが、アメリカの政治家なのか、ＣＩＡなのか、それともロビイストなのかもわかりません。大使館筋も静かなものです」

「相手はもう日本にいる」

「大使、副大使、主だった大使館幹部の動きはすべて押さえてあります」

河内山はいった。葛原は頷いた。

咲村が立ちあがった。ひとりでカフェテリアをでていく。「淀川情報サービス」をでて以来、よそよそしい態度を崩そうとしない。

「彼女は、府警公安部で在団を担当していました」

河内山がいった。

「言葉はそのときに？」

「大学で専攻したそうです。それを知って土田さんがひっぱったという話です」

「土田について色々と――？」

葛原は河内山を見た。

「優秀だったそうです。成滝との関係は、もちろんわかっていませんでした」

「家族はいるのか」

「奥さんとは二年前に死別しています。警察を退職した年です。あとは娘さんがひとりいますが、美容師で東京に住んでいるそうです」

「美容師？」

河内山は頷いた。

「所在を確認しますか」

「した方がいいかもしれない」

葛原は答えた。

「で、これからは何を？」

「もう一度、土田に会う。それまでに娘さんの所在を確認してほしい」

「承知しました。『淀川情報サービス』は完全な監視態勢にあります」

「電話も？」

「非合法ですが、ええ」

土田は当然、見こしているだろう。

「今度は、サシでの話しあいだ」

葛原はいった。

「淀川情報サービス」を訪れる前に、葛原は黄英洙が収容された病院に向かうことにした。黄が協力するとは思えないが、少なくとも黄は葛原らの命を救ったのだ。

生命の危機を脱した黄は、ＩＣＵから個室病室に移されていた。二名の私服刑事がそれぞれ病室の中と外に張りついている。

「黄と二人きりで話がしたい」

病室の外に立ち、葛原は河内山にいった。

河内山は頷いた。

「わかりました。警備の人間に外で待つよう、伝えましょう」

葛原と河内山は、大出と咲村、北見を廊下に残し、病室に入った。

病室のドアのわきに椅子がおかれ、私服刑事が腰をおろしていた。カーテンの降りた窓ぎわのベッドに黄が横たわっている。目を閉じていて、葛原らが入っても開ける気配はなかった。

河内山が刑事を外に連れだした。葛原はベッドのかたわらに立った。黄の体には点滴が施されている。

黄は目を閉じたままだった。

「黄さん」

葛原は呼びかけた。目が開かれ、葛原を見た。驚きの表情はない。

黄は無言でつかのま葛原を見上げ、再び目を閉じようとした。

「連絡をとりたい人間はいないか」

葛原はいった。黄の目が再び開かれた。

「奥さんとか。あんたがここに入院していることは新聞にも報道されていない。心配しているかもしれん」

黄は無言だった。葛原はつづけた。

「あんたがなぜ『花園タイプ印刷』にいたのかはわかっている。志願したのだろう、成滝に」

黄はそれでも答えなかった。ただ葛原を見つめている。

「きのうあれから、私は土田さんにも会った。土田さんも志願して『淀川情報サービス』にいたのだろう。彼は無事だ」

「……何者だ」

黄が口を開いた。ややかすれてはいるが、力のある声だった。

「葛原という。東京で成滝と同じような仕事をしている。今は成滝を捜すのが仕事だ」

「なぜ」

葛原はすぐには答えなかった。

「知りたがりの役人に脅迫されている。警察に協力しなければ仲間を逮捕すると威された」

黄が顔をそむけた。葛原を蔑んだような表情がそこにあった。

「あんたが成滝と林の居どころを知っているとは思っちゃいない。俺がここにきたのは、あんたに命を助けてもらったお礼を何かしたいからだ。警察に内緒で家族に知らせたいことがあるなら手伝う」

「家族は帰った」

黄は横を向いたままぽつりといった。

「どこへ」

「国だ」

「本国へ、か」

無言は肯定の表われだった。

「連絡はあるのか」

「二年前、日本に帰りたいという手紙がきた。それきりだ。収容所にいると聞いた」

「奥さんか」

「女房と子供と、女房の母親だ。女房は母親と倅を連れていった。在団にだまされたんだ」

葛原は息を吐いた。

「あんたは特務にいたのだろ。国がどうなっているか、知っていた筈だ」

黄は暗い目で天井を見上げた。

「知っていた。だから反対した。だが、本当のことはいえない。それは祖国への裏切りだ」

葛原は無言だった。

「帰ってからきたのは、金を送ってくれという手紙ばかりだ。あるだけの金を送って、働いて、残った金は全部送った。それでも足りない……。金がこなけりゃ、収容所に送られて再教育だ。在団は、国をバラ色の天国だと宣伝している。嘘だ。国はぼろぼろだ」

黄は吐きだした。

「じゃあなぜ、林忠一に肩入れした」

黄は葛原を見た。

「日本人にはわからねえよ。林剛哲は王さまなんだ。跡継ぎの王子は二人いる。煥と忠一だ。忠一なら少しは、国をかえられる。女房と子供を帰してくれるかもしれない」

「成滝も同じ思いなのか」

黄は身じろぎし、顔をしかめた。返事はなかった。

「在団の特務と安全部の工作員が、成滝らを追っている。連中の目的は暗殺だ」

黄はつぶやいた。激しい憎しみの表情が浮かんだ。

「金の野郎……」

「金というのは、金富昌か」

「奴は、在団員の生き血を吸ってる。ありもしない天国の夢を在団員に押しつけ、国から勲章をもらっていばってやがる。だが自分は絶対に、国には帰らない」

「金も行方をくらましている。特務の指揮をどこからかとるつもりだろう」

「殺してやる」

黄はつぶやいた。

「怪我が治ったら、奴を必ず殺してやる」

「忠一はアメリカ人と会っているのか」

黄は返事をしなかった。

「忠一が暗殺されたら何にもならないぞ」

黄は再び蔑んだ口調になった。

「日本人が助けるというのか。俺の親父は戦争中、むりやり日本に連れてこられた。黄という名前を捨てさせられて、日本名を押しつけられたんだ。その日本政府が、忠一を助けるのか」

「役人が考えているのは、忠一がこの国で暗殺されたら大恥をかく、だからくいとめたいということだけだ。ただし何があっても責任をとるような奴は、上にはいない」

「だったら日本人は手をだすな。お前たちは関係ない。刑務所でもどこでもいけ。収容所よりはよほどましだぞ」

黄は葛原をにらみすえていった。

葛原は息を吐いた。

「利用してやろうとは思わないのか、日本人を。日本の役人を」

「日本人と俺たちはちがう。日本人には誇りがないが、俺たちにはある」

黄は怒りのにじんだ口調でいった。

「血を流さないのが一番いい」

「血なんかいくら流れてもいいんだ。大切なのは――」

口にした言葉は、葛原には聞いたこともないものだった。母国語のようだ。

葛原が無言でいると、黄がいった。

「でていけ。二度と話さない」

葛原はつかのま黄を見つめ、

「わかった」

と告げて、病室をでていった。

「どうでした」

廊下で待ちうけていた河内山が訊ねた。

「車の中で話そう」

葛原は病院の廊下を歩きだした。

病院の駐車場に止めておいたワゴンに全員で乗りこんだ。北見が「淀川情報サービス」に向け、ハンドルを握った。

「黄は、奥さんと子供を母国の収容所にいれられている。在団の宣伝にのって帰国したんだ」

「よくあるケースよ」

咲村がいった。

「在団はまるで地上の楽園のように本国を宣伝していた。何も情報がでてこないのだから、信じる人も多い。家族が帰れば、人質をとられたのと同じだから、日本に残った者は送金をつづけなければならない。日本からの送金は、大きな外貨獲得手段なの」

「それで在団を恨んでいるのですか」

河内山が訊ねた。

「特に金富昌を。黄は、母国の実情を知っているくせに宣伝工作をやっていた金を憎んでいる」

「忠一の居どころについては何と?」

葛原は首をふった。

「話さなかったし、何も知らないだろう。日本人には関係ないといわれた」

「――勝手なことをいいやがる」

北見がつぶやいた。

「ドンパチやりたけりゃ、だったら自分の国でやればいい。そう思いませんか、葛さん」

「黄の父親は戦争中、強制的に日本に連れてこられたそうだ」

北見は口をすぼめた。

咲村がいった。

「日本人にとっては過去のことでも、あの国の人たちにとっては今なおつづいてるという気持が強いわ。こっちに来て苦労し、ようやく生活基盤を築いた人たちに、いつでも帰っていいといったところで簡単にはいかない」

「問題は在団の体質にあるようだな」

葛原はいった。咲村は頷いた。

「在団は本国政府と直結している。在団の幹部は国外にいるけど、本国の高官並みの地位を与えられている。連中が一番いい思いをしているわ。日本で資本主義を享受し、本国のプロパガンダをたれながす」

葛原は、黄がつぶやいた言葉をふと思いだした。母国語と思《おぼ》しい言葉だ。それを咲村に訊ねた。

「血はいくら流れてもかまわない、大切なのはそのことだ、と黄はいっていたが、どんな意味なんだ？」

咲村はつかのま考え、答えた。

「直訳すると適当な言葉はないかもしれない。彼らがわりあいよく使う言葉。目標とか、意義とか……。一番近いのは、大義、かしら」

「大義」

同じ言葉を土田が口にしたことを葛原は思いだした。咲村も思いだしたようだ。暗い表情になった。

葛原は河内山を見た。

「土田の娘について何か新しい情報は？」

「渋谷区恵比寿のアパートに住んでいることは判明しましたが、所在の確認はとれませんでした。現在、所轄署員が情報収集にあたっています」

「『淀川情報サービス』の監視に何かひっかかったことは？」

「ありません。土田は、あの後もずっと『淀川情報サービス』に留まっています。入電はなく、自分から外部連絡もしていない模様です。土田はいったいどうやって成滝と連絡をつける気でしょう」

葛原は考えていたがいった。

「警察が動けば、逆探が働くことを当然成滝は予測している。直接土田に連絡を入れる危険はおかさないだろう」

「では別の中継基地があるというのですか」

「留守番電話が一台あればすむことだ。互いに伝えたい情報を吹きこんで、リモートコントロールでそれを聞けばすむ」

「携帯電話はどうなんです？」

北見が訊ねた。葛原はいった。

「携帯の電波はより拾いやすい。『淀川情報サービス』にはその監視もついている筈だ」

河内山は否定しなかった。

「すると土田さんは、どこか公衆電話から、中継の電話に連絡をとる気なのかしら」

「それが一番簡単な方法だ」

「他の方法は？」

「携帯電話とノートパソコンをつないで電子メールをやりとりする。これだと文字以外にもかなり細かい情報を送れる。ＩＳＤＮの公衆電話があれば、携帯電話も必要ない」

「そうなると逆探はほとんど不可能ですね」

葛原は頷いた。

「――無理ですよ、成滝はプロです。見つけられっこない」

大出がつぶやくようにいった。誰もそれには答えなかった。

ワゴンが「淀川情報サービス」に到着した。あたりには、注意すればすぐそれとわかる覆面パトカーが数台止まっている。

「監視は中にも？」

葛原の言葉に河内山は頷いた。

「私の部下と、府警の高崎主任が入っています」

葛原は河内山を見た。

「あんたの部下？」

「警察庁関係から今朝早く、チームを呼びました。通信技術に詳しい人間が必要になると思ったので」

「チーム全員がそこにいるのか」

「うしろについてきてる一台もそれでしょう」

北見がいった。

「きのうまではつかなかった尾行がいるものね」

河内山は小さく頷いた。

ワゴンを降りた全員が「淀川情報サービス」の中に入った。

土田はソファに寝そべって新聞を読んでいた。足もとに丸まった毛布がある。事務机の椅子に高崎と、初めて見る顔の男が二人かけていた。三人は河内山の姿を見ると立ちあがったが、土田は動かなかった。

「ご苦労さん」

三人にいった河内山は、

「何か変化は？」

と訊ねた。三人のうちの誰かが答えるより早く、土田がいった。

「何もあらへんわ。こんな仰山いてたら、誰もくるわけないやろ」

三人は河内山と目を交しただけだった。

「きのうはご自宅に帰られなかったのですか」

河内山が土田に訊ねた。

「帰っても誰もおらんからな」

パラリ、と新聞をめくる音をたて、土田はいった。

葛原はキャスターのついた椅子をひき、土田が寝そべっているソファのかたわらにすわった。土田が首をねじり、葛原を見た。

「黄英洙に会ってきた」

葛原はいった。

「誰や、それ」

感情のこもらない声で土田は訊き返した。

「『花園タイプ印刷』でデコイを買ってでた男だ。元在団特務の」

「ああ……。あれか、撃たれよった、ちゅうのは」

葛原は頷いた。土田は上半身を起こした。

「生きとるんかいな」

「大丈夫だ。金富昌を恨んでいる」

「せやろな。在団を辞めた奴なら、誰でも恨んでるわ」

「金が特務を動かしているんだろ」

「特務だけやない。金は、極道や警察にもコネがある」

土田が河内山の方を向いていった。河内山は腕を組み、空いた机によりかかった。

「府警公安部の情報も金に伝わっているとお考えですか」

「当然やろな。金のところには、在団員から莫大な海外送金が流れこんどる。金は、それを全部国に送るというときながら、日本での情報収集や、あっちからきた工作員の活動費にも使うとるんや。在団にコロされた警官はいっぱいいよるで」

「情報の取扱いには慎重を期しています。安全部が日本の警察から成滝の情報を入手するようなことだけは避けたいと思っていますから」

葛原は河内山をふりかえった。

「約束通り、サシで話したい」

「待って下さい。ひとつだけ、土田さんにうかがいたいことがあります」

「何や」

「成滝は、警察の動きを知っていますか」

土田は無言で河内山を見つめた。やがていった。

「ああ。知っとるで」

17

葛原と二人きりになると、土田は煙草に火をつけた。

「成滝は俺のことも、もう知ったのか」

土田は葛原を見た。

「だったらどないする」

「何といっている」

「知らんな。成滝とは話しとらんのや」

「一方通行か。情報は」

「わいが知らせてもらうことなぞ、何もないからな」

ニコチンで染まった指先で、南部鉄の灰皿にロングピースを押しつけながら土田はいった。

葛原は息を吸いこんだ。

「きのうあれからずっと考えていた。成滝のいそうな場所の見当がついた」

土田は茶色い歯をむきだして笑った。

「ハッタリはよさんかい」

「ハッタリじゃない」

「どこや」

「ここでいうわけにはいかない。成滝に筒抜けになってしまうからな」

土田の笑みが消えた。

「なるほど。気づいたんか」

葛原は頷いた。

「成滝はこのまま知らぬ顔を決めこむつもりかもしれないが、俺がそこに向かえば、それではすまなくなる。その前に話をしたい」

「成滝が連絡よこしたら、別の場所へ警察を誘導するっちゅうんか」

「いや、それはしない」

「どういうこっちゃ」

「この件には、俺のチームの運命もかかっている。俺が失敗すれば、チームの人間が刑務所に入ることになる。だから俺たちは成滝にぎりぎりのところまで警察を引っぱっていく。仕事に成功したと、河内山に思わせなければならない。だから土壇場勝負になるだろう。俺たちがやりすぎれば、成滝と林は警察につかまるか、安全部に殺されることになる。といって、見当ちがいの仕事をすれば、成滝たちは安全だが、俺たちが破滅する」

「大げさな奴っちゃな。そない何年もくらうわけないやろうが」

「チームの中には、年寄りを抱えた者や、体の悪い人間もいる」

「だから逃げんかったのか。主犯のお前が逃げたら、終わりやろうが」

葛原は息を吸いこんだ。

「俺の本名は別にある。その名前で俺は、殺人容疑の手配を受けている」

土田は沈黙した。しばらくして訊ねた。

「やったんか」

「いや。やった奴は俺を恨んでいた。だから自分は共犯で、主犯は俺だといった。逮捕されるのを承知で、俺に罠をしかけたんだ」

「――おもろい話や」

低い声で土田はいった。

「お前はパクられたら、殺しも背負わされるのを承知で逃げんかった、ちゅうんか」

「チームの人間は俺が手配されていることを知らなかったんだ。巻きこんだのは、すべて俺の責任だ」

土田は新たな煙草に火をつけた。

「俺の携帯の番号をいう。逆探はついていない。成滝と話がしたい。警察と安全部をかわすためには、絶対に俺との話し合いが必要だ」

「番号は聞いとこか。判断は成滝がすることや」

葛原は番号を口にした。土田はメモもとらなかった。

「で、どこへいく気なんや」

「京都だ」

土田の表情に変化はなかった。

「京都といっても、日本海に面した京都じゃない。京都市のことをいっている」

「ええんか。それとも、それが手か」

土田はいった。

「どういうことだ」

「成滝がほんまに京都におったら、今のひと言で京都を捨てるわな。それともわざとそうさせるんが狙いか」

「どうとでもとるがいい。とにかく、俺たちはこれから京都に向かう。それだけは成滝に伝えたい」

　土田は無言だった。葛原は立ちあがった。葛原が玄関のドアに向かうあいだも口を開かなかった。

　葛原がドアに手をかけたとき、いった。

「葛原」

　葛原は土田をふり返った。土田がいった。

「咲を気ぃつけたってくれ。あいつの父親は釜ヶ崎のハコ番におって、暴動に巻きこまれて死によった。親子二代で殉職なんぞ、洒落にならん」

「できるだけのことはする。だが、守られてるのは俺で、彼女じゃない」

　土田はうつむいた。

「あれは芯が強い。だからそのぶん、切れたときが心配なんや。お前にこんなん頼むのは妙な話やがな」

　葛原は頷いた。

　外にでていくと、入れちがいに高崎と河内山の部下二名が入っていった。高崎は葛原と目を合わそうとはしなかった。

ワゴンに乗りこみ、葛原はいった。

「京都へ向かう」

「京都？　土田がそういったんですか」

河内山が訊ねた。

「いや。京都は俺の勘だ。成滝が選ぶ可能性の高い街だ」

「このまま車でいきますか」

北見が訊ねた。

「それがいいだろう」

「米ちゃん、聞いたかい」

北見がヘッドセットに訊ねた。了解の返事があったのだろう。北見はすぐに葛原に頷いてみせた。

葛原は河内山を見た。

「京都へ移動すればこの二人は管轄外だ。別の人間を用意できるか」

「待って下さい――」

咲村がいった。

「ここまでやらせて、担当を外すんですか」

大出は無言だった。河内山がいった。

「新しいSPを用意することは困難ではありません。ただ情報の拡散を抑えるという観点に立つとちょっと――」

「それは対成滝か、それとも在団・安全部のことか」

「双方ですし、それにマスコミの問題もあります。勘のいい記者が府警と在団の動きに注目し始めています」

「京都なら地理について知識があります。学生時代、よくいっていましたから」

咲村が食い下がるようにいった。河内山は考えていたが、葛原を見た。

「京都まではこの二名に続行させます」

大出が目を伏せた。葛原はいった。

「それと、我々の動きについて、成滝はかなり詳しい情報を手に入れている」

河内山は目をみひらいた。

「では土田はやはり成滝と連絡をとっている？」

葛原は首をふった。目でたった今でてきた「淀川情報サービス」を示した。

「あそこにはマイクが仕掛けられている。拾った音声はすべて別の場所から成滝に流されている」

河内山は舌打ちした。

「だから動かなかったのか……」

「近くのアパートかどこかに盗聴器の電波を受信する装置がおいてあるのだろう。成滝はどこからでもその内容を聞ける」

「やりますね。敵にも米ちゃんみたいなプロがいるんだ」

北見がつぶやいた。

「東京からの情報は？」

葛原は河内山に訊ねた。

「土田の娘の名は、典子《のりこ》といいます。辞典の典です。今日から仕事を休んでいるそうです。事務所には、父親が急病になったと届けて……」

「年齢は？」

「三十歳です。結婚はしていません」

葛原は考えこんだ。成滝のチームにも、美容師はいる筈だ。土田の娘の居どころを確認させたのは、用心に過ぎない。

在団がおさえた可能性もある。もしそうであれば、葛原らの情報は土田を通して在団にも筒抜けとなる。

河内山がいった。

「それともうひとつ。今朝早く、北京からの便で、中国籍のパスポートをもって入国しようとした二十名の男性を、関空の入管がおさえました。中国籍のパスポートを所持しているにもかかわらず、北京語を話せる者は、そのうちの少数だったそうです」

「安全部か」

「増強のための工作員でしょう。成田からも入っている可能性があります。いよいよ本気になってきたということです」

「おっかねえ。市街戦が始まりそうだな」

北見がつぶやいた。

「京都はどこへ向かうのですか」

河内山は訊ねた。葛原は考えていたがいった。

「アメリカ大使館と関係のある建物。あるいはアメリカ人のV・I・Pが京都旅行の際に立ち寄ることの多い、ホテルや旅館以外の建物を調べてほしい」

「セーフハウスですね。京都府警の警備部に問いあわせれば、すぐにリストが作れると思います」

「それをファックスで私のメンバーに送らせてほしい。米島のところだ」

河内山は葛原を見つめたが頷いた。

「了解しました」

直接、情報のやりとりをすれば、在団の張りめぐらせたアンテナにひっかかるおそれがある。

河内山がいった。

「私はもうしばらく大阪に残ります。マスコミと在団の目をひっぱっておきます」

「あの車は？」

北見が訊ねた。尾行車は道路をはさんだ向かいに駐車していた。

「いっしょにいた方が心強いというなら、このままつけておきます」

葛原は首をふった。

「いや。なるべく目立ちたくない。京都に入ったら、車も乗り換えるつもりだ」

河内山は頷いた。

「わかりました。気をつけて」

河内山はワゴンを降りていった。北見がヘッドセットに話しかけた。

「じゃ名神高速まで誘導して」

ワゴンが走りだし、ヘッドセットをつけようと葛原が手をのばすと大出がいった。

「考えてみると、カーナビゲーションさえつければ、いちいち電話で道案内を頼まなくてもいいのじゃないか」

北見があきれたように葛原を見た。葛原はいった。

「確かに今のカーナビは秀れている。だが次から次に車を乗り換えなければならないときは役に立たない」

「それにとっさの判断もできないわ。情報をただ見せるだけですもの」

咲村がいった。葛原はふり返り咲村を見やって、

「その通りだ」

といった。

カーナビゲーションは、ドライバーが最短距離で目的地に辿りつくのを補助するために作られている。尾行をさけるための迂回路や港湾施設の情報は表示されない。都市部ではあるていど役に立つが、郊外では頼りにならないというのが、北見の持論だった。

――〝客〟をゴルフ場に連れていくわけじゃないですからね
咲村がいった。

「会合場所は成滝がセッティングするのじゃないの」

「成滝はそうしたいだろう。だが林の相手が大物なら、アメリカ側の警備も配慮しなければならない」

「林がそのまま政治亡命を希望したらどうなります？」

北見が訊ねた。

「話はそこで終わりだ。林はアメリカと日本のボディガードに固められてアメリカ大使館に運ばれる。我々とは無関係になる」

「そうしてくれないですかね」

「それはありえない」

咲村がいった。

「あの国の人間の愛国心は非常に強い。林がアメリカ側と接触を望むのは、亡命のためではない筈よ。亡命だけが目的なら、さっさとアメリカ領事館なり大使館にとびこめばすむ筈だわ」

そしてそれが目的なら、成滝は決して林の護衛を請け負わなかったろう。黄もまた、命を張ることもなかったにちがいない。

名神高速道を京都南インターチェンジまで走り、北見は一般道に降りた。国道一号線に面したレンタカーショップで車を乗り換えた。新しい車は国産の大型セダンだった。

「レンタカーじゃ、在団の連中にすぐ見破られてしまうのじゃないか」

大出がいった。

「我々が林を運んでいるわけじゃない」

葛原はいった。北見はとりあえず、車を京都市中心部のある北へ向けた。午後二時を回っていた。

ヘッドセットから米島の声が流れこんだ。

「ファックスが届いたよ」

「読みあげてくれ」

「全部で三ヵ所。『全米美術協会京都支部』というのと、あとふたつは個人の家みたい。住所しか書いてない」

「そのふたつを」

「ひとつは西京区、もうひとつは左京区」

「新幹線の京都駅に近いのはどっちだ」

「どっちも同じくらいかな」

「じゃあ高速とのアクセスは」

「それだったら左京区。大文字山をはさんで反対側に名神の京都東インターがある」

「まずそこへ向かおう」

「了解」

別の携帯電話が鳴った。河内山からだった。

「資料は届きましたか」

「届いた。とりあえず三番めの住所に向かっている」

「個人住宅ですね」

「そうだ」

「そこは、以前の駐米大使と仲のよかった美術商がもっている別荘です。二年前に持主がアメリカに帰ったあと、ＣＩＡ筋の不動産会社が管理しています」

「そのことは知られているのか」

「東京とちがって、地方のセーフハウスは簡単には作れないので、あるていどは」

葛原に知らせるくらいだから、情報関係者には公然の秘密なのかもしれない。もしそうならば、在団にも知られている可能性がある。

「こちらの警官は動かしているのか」

葛原は訊ねた。

「いえ。京都に関してはまったく動かしてはいません。必要なら動かしますが――」

検問などをすれば、在団や安全部の動きを牽制する役には立つだろう。が、同時に成滝らの動きを封じこめてしまうことにもなりかねない。

林忠一が日本にいられるタイムリミットはあと三日だ。常識で考えるなら、アメリカ側との会合はもう始まっていなければならない。

「いや、動かさないでくれ」

「私もその方が賢明だと思います。大阪と京都は近いですからね。嗅ぎつけられたらマスコミの動きも早いでしょう」

「新しい情報が入ったらまた連絡をしてくれ」

「わかりました」

北見は京都市の中央部を抜ける形で車を進めていた。米島の話では北上して東へ向かうのが最短ルートらしい。

「京都か。よく女の子に連れていってくれとせがまれますよ」

北見がいった。市の中心部を南北に走る道は交通量が多い。さすがに観光バスの姿が目につく。

「まさかこんな形でくるとはな……」

「仕事が終わったら、本当にきてみたらどうだ」

「悪くないすね」

成滝が、アメリカ側の用意したセーフハウスにデコイを配する可能性を葛原は考えてみた。アメリカ側の協力が不可欠だが、セーフハウスに閉じこもっている間、デコイは安全部の監視をひきつけることができる。

セーフハウスに突入して暗殺を実行するのは、安全部にとっても容易ではない。

葛原は気づいた。安全部が工作員を増員しようとしたのはそのためではなかったのか。

セーフハウスには当然、アメリカ側の護衛も配されている。そこへ乗りこんでいって林を暗殺しようとするなら、それは殲滅戦を意味する。その場にいる者を皆殺しにしなければ、アメリカ側からの政治的報復を免れられないからだ。

それを考えると葛原の胃は重くなった。安全部と在団特務が包囲したセーフハウスにのこのこ赴くのは両者の戦いに巻きこまれにいくようなものだ。

「あとどれくらいある?」

葛原は米島に訊ねた。

「もう一キロもないよ」

米島が答えた。葛原は咲村をふり返った。

「このあたりはどんなところだ」

「南禅寺のそばよ。動物園や国立近代美術館もあって、京都の超高級住宅街。史跡として一般公開されているお屋敷と、実際にまだ人の住んでいるお屋敷が入り混じっているわ」

「観光客は多いのか」

「もちろん」

「北さん、車を止めてくれ」

北見は無言で車を路肩に寄せた。細い水路で囲まれた豪壮な邸宅が建ち並んでいる。

「セーフハウスには監視がついている可能性がある。このまま全員で向かうのは危険だ」

葛原はいった。セーフハウス周辺がこのあたりと似たような住宅地であれば、いくら観光客が多いといっても、マークされるのは避けられない。

「少人数で行動する?」

咲村が訊ねた。葛原は頷いた。

「二班に分かれる。俺とあんたでまず動く」

咲村は驚いたようすもなく、

「了解」

といった。

「こっちは？」

北見が訊ねた。

「もう一軒のセーフハウスのようすを探ってきてほしい」

「西京区の方ですね」

「そうだ。ただし、車を降りて中のようすを探ったりは絶対にしないでくれ。車を家の前で止めても駄目だ」

北見は頷いた。

「さりげなくさっと前を通りすぎるってやつですか」

「監視に気づいても気づかなくても、よけいなことは一切するな。ただし、尾行にだけは気をつけてくれ」

「わかりました。どこでおちあいます？」

葛原は咲村を見た。

「まん中をとるなら四条通りのどこかは？　京都の目抜きにあたる道」

人通りが多ければ、尾行がついてきてもそれだけまきやすくなる。葛原は頷いた。

「いいだろう。四条通りのどこだ」

「大丸百貨店は？」

「それでいこう。書籍売場で五時ということにしておく」

「了解」

葛原は車を降りた。咲村がつづいた。大出とは言葉もかわさない。大出は硬い表情で咲村を見送っている。

「このままいってくれ」

葛原がいうと、北見は大出を後部席に乗せたまま、車を発進させた。高級セダンなので、前の席に男二人が乗るよりも、運転手と乗客という色分けをした方が、かえって人目につきにくい。

「さて」

咲村がショルダーバッグを右肩に吊るしかえ、いった。

「目的地まではどうやって？　歩き、それともタクシー？」

「歩いていって、帰りにタクシーを拾う」

「だったら南禅寺のあたりで拾いましょ。空車がいる場所はだいたい決まっているから」

葛原は無言で頷き、歩きだした。一夜が明け、咲村は昨夜のショックからはもう立ち直っているように見える。衣服も着がえていた。

「この住宅地を抜けると南禅寺よ。南禅寺の正式名称は知ってる？」

「いや」

葛原は大またで歩く咲村に歩調を合わせながら首をふった。

「瑞《ずい》龍《りょう》山《ざん》太《たい》平《へい》興《こう》国《こく》南《なん》禅《ぜん》禅《ぜん》寺《じ》。臨済宗南禅寺派の本山。南禅寺は、洛東の東の外れにあって、大文字山をはさんだ向こうは滋賀県。琵琶湖からの疏水がつながっているわ。このあたりのお屋敷を囲む水路も、もとは琵琶湖からひいたものよ」

「確かに立派な家が多いな」

葛原はあたりを見渡していった。千坪、二千坪といった広大な敷地のある屋敷をぐるりと高い塀が囲んでいる。

「旧財閥や旧華族といった、昔からの日本の大金持の屋敷があったところなの。観光客がこなければ、本当に閑静な住宅街」

だが実際はカメラや地図を手にした観光客と思しい人々が三々五々、屋敷と屋敷のあいだを縫う小路をいきかっている。ただし夜になれば人通りはぐっと少なくなるにちがいない。

高級住宅地であることを考えれば地元警察による巡回は少なくない筈だ。夜間も路上駐車している不審な車があれば、チェックは免れない。セーフハウスの立地条件としては悪くない、と葛原は思った。

「このあたりじゃないかしら……」

十五分ほど歩き、咲村がいった。米島からの連絡では、送られてきたファックスには該当する住宅の番地は記されていたものの、住人の氏名については何も書かれていなかったという。

表札を掲げていないということなのか。

葛原は思った。

「表札はだしていないようね」

咲村はつぶやいた。葛原はあたりを見回した。屋敷を囲んだ塀が数十メートルつづき、細い小路をはさんで、また別の屋敷の塀が数十メートルつづいている。塀には瓦屋根が配され、すぐかたわらを走る細い水路とのあいだに植え込みがある。水路にかかった石橋が、門扉と小路をつないでいる。

どの屋敷がそうだ、という確証はなかった。史跡や施設として表示されている建物を別にすれば、はっきりと目につく形で表札が掲げられている家は少ない。防犯や観光客の好奇の目を配慮したのだと思われる。

それぞれの敷地が広いせいもあって、内部から物音はまったく聞こえてこない。

「これじゃどれだか見当もつかないわ」

肩を並べ、咲村が小声でいった。葛原は答えず歩きつづけた。小路の反対側から四人組のカメラをさげた男たちが歩いてきて、二人とすれちがった。四人は二人には目もくれず、あたりの屋敷を見回している。

すれちがってから二十メートルほど歩き、葛原はいった。

「この右手の家がそうだ」

咲村が葛原を見た。水路と大谷石を礎石にした板塀とのあいだに菖蒲が植わっている。

「なぜわかるの」

スピードをゆるめず歩きつづける葛原に合わせて歩きながら咲村が小声で訊ねた。

「塀の瓦屋根のすきまにテレビカメラがある。通常の防犯カメラならもっと目立つ位置にある筈だ」

葛原は口を閉じた。アベックとすれちがった。二十代後半の男女で、ジーンズにジャンパーを着けている。女は濃いサングラスをかけ、男の手を握っていた。二人ともリュックを背負い、無言のまま歩きすぎていった。

「今の彼女」

咲村がつぶやいた。

「イヤフォンをはめていたわね」

咲村の右手がショルダーバッグの口金のあたりに移動していた。

その家は、あたりの屋敷に比べても遜色ない広さだった。大きな門扉は、バスも通行可能なほどの幅がある。高さ三メートルはある巨大な木の門が侵入者を阻んでいた。門にはテレビカメラが二台、はっきりと見える形でとりつけられている。

葛原と咲村はさらに二軒の屋敷の前を通りすぎた。南禅寺につきあたる。観光客向けの駐車場が設けられている。観光バスやタクシーが止まっていた。

葛原はその中のマイクロバスに目をとめた。レンタカーであることを示す「わ」ナンバーのプレートで、ウインドウすべてに黒いフィルムが貼られている。

運転席にすわっているスーツ姿の男だけが見えた。ハンドルの上に地図を広げ見入っているが、耳からイヤフォンのコードが垂れていた。

葛原は駐車場の中央で立ち止まった。止められている他の車を見渡す。観光にいった客を待っていると思しいタクシーが数台目にとまった。運転手しか乗っていないが空車ではない。

そのかたわらに大型の観光バスが止まっている。

葛原はマイクロバスに目を戻した。運転手が視線を外したことに気づいた。

「離れよう」

「あの家の中に本当に林がいるかどうか確認しなくてもいいの」

咲村がいった。葛原は答えず、南禅寺の庭園に向け歩きだした。咲村があわててあとを追ってきた。

「今は駄目だ」

咲村をふり返るふりをしながらマイクロバスを見た。運転手が口を動かしている。葛原の背筋が冷たくなった。

「タクシーの空車はいないか」

葛原の切迫した口調に、咲村も異状を感じとった。あたりを見回し、いった。

「駄目ね。客におさえられている車ばかりだわ」

「この庭園は広いのか」

「ええ」

「奴らに気づかれた」

「あのマイクロバス」

そちらに背中を向けたまま咲村はいった。

「そうだ」

「手をだしてくるかしら」

「何ともいえない。とりあえず脱出しよう」

葛原は口の端だけで喋った。

「あの屋敷の中に逃げこんだら?」

「そいつはおもしろい。中の連中は、たとえ俺たちがハチの巣にされても門を開けないだろう」

葛原は目を駐車場の入口に向け、いった。屋敷の近くですれちがった四人組が他の観光客に混じって、駐車場に入ってくるのが見えた。葛原たちに目をとめ、まっすぐ向かって歩いてくる。

「きたぞ」

「何人？」

「まずは四人」

咲村の手がバッグの口金を開いた。

「ここでトラブルはまずい。何とか逃げよう。手帳はもっているか」

「ええ」

葛原は大型の観光バスに向かって歩きだした。じきにガイドに引率された乗客が戻ってくるのだろう。前部の乗降口の自動扉は開いている。

「あれに乗る」

葛原はいった。四人組との距離は七、八メートルまで狭まっていた。葛原はタラップに足をかけ、観光バスに乗りこんだ。客席が上部にあり、運転席が一段低い位置にある二階建ての観光バスだった。

いきなり乗りこんできた葛原と咲村に運転手は驚いたような表情を浮かべた。

「あの……このバスのお客さんですか」

「警察の者です。ドアを閉めて」

咲村が警察手帳を提示した。運転手はあ然とした顔になった。

「何です？　何ぞ、お客さんにありました？」

「早くドアを閉めろ！」

葛原は叱咤した。運転手が反射的に腕を動かした。圧縮空気の洩れる音がして、ドアが閉まった。

「乗客はいつ戻ってくる？」

運転手の目が時計をのぞいた。

「あと四、五分ですわ」

「このあとはどこへ？」

「平安神宮いって、それから知恩院へ向かうことになってますけど……」

「蹴上《けあげ》のあたりで落としてもらえると助かるんですが」

咲村がいった。

「はあ……」

葛原は客席の荷物棚を見上げた。満員というわけではなさそうだ。三分の一は空席だろう。

「ご協力を感謝します」

咲村はいって、客席に腰をおろした葛原をふり返った。

「どう？」

「マイクロバスに乗りこんだ」

葛原は答えた。四人組は二人が観光バスに乗りこむのを見て、くるりと踵を返したのだった。

「あとを追ってくるかしら」

咲村は葛原のかたわらにきて、小声で訊ねた。

「いや。持場は離れないだろうから大丈夫だ」

「観光客はおおぜいいるのに、どうしてわたしたちに気づいたのかしら」

運転手が全身を耳にして聞いている。

「わからない。匂い、かもしれない。あるいは我々に関する情報がすでに伝わっているか」

「淀川で逃がした男がいたわね。でもわたしたちをどうする気だったの」

「連中もたぶん確証がないのだと思う。だから我々からも情報をとりたかったのだろう」

咲村はほっと息を吐き、首をふった。

「あのバスに連れこまれていたら、アウトか……」

「向こうの方が情報において先んじていることがこれではっきりしたな」

葛原はつぶやいた。

「あの屋敷はデコイじゃないの」

「可能性はある。中に本物がいると確信していたら、連中は突入しているだろう」

そのとき運転手がドアを開いた。乗客が戻ってきたのだ。その数は十数名だった。

葛原と咲村は、奥の席へと乗りこんでいく乗客の好奇の目にさらされた。

四人組が乗ったマイクロバスは、葛原と咲村が逃げこんだ観光バスが南禅寺の駐車場を発車しても動く気配はなかった。

二人は京阪電鉄の蹴上駅前で観光バスを降りた。尾行の有無を再確認するため、電車を使って四条駅まで向かった。

尾行はなかった。四条駅前でタクシーを拾い、大丸百貨店前で降りる。

書籍売場では大出が待っていた。北見は車を近くで待機させているのだ。

店内では何も話さず、百貨店の裏手に止めていたセダンに乗りこむと葛原は訊ねた。

「どうだった」

「ばっちりいましたよ。米ちゃんの話だと嵐山のふもとらしいんですけど、こいつら職質かまされるの、恐くないのかなっていうくらい」

北見が答えた。

「人数は？」

「目についただけで六人。スモークシールを貼ったマイクロバスの周りにたむろしてました」

同じパターンだ。中におそらく日本語の話せる特務が混じっていて、観光客のグループとそのガイドを装うつもりなのだろう。

「そっちはどうです？」

「いた。追っかけられた。あれは特務じゃなく、安全部の工作員だろう」

葛原がいうと、咲村も頷いた。

「でも両方のセーフハウスを監視しているということは、安全部もどちらに林がいるかを確認していないのね」

「どちらにもいない可能性が高い。いるとすればデコイだ。しかしそれすらいないだろう」

「なぜそう思うの」

「河内山が知らせてきたセーフハウスは、結局CIAにとってもデコイ的な存在に過ぎない。安全部がすでにその監視をおこなっていることでも想像がつく。成滝はそんな場所を使う筈がない」

プライド。葛原の胸の中にその言葉が浮かんでいた。命を賭けて、安全部と在団特務を相手にしている成滝が、アメリカ側の協力を仰ぐだろうか。

自分が成滝なら、アメリカ側に心は許さない。利用はするだろう。しかし命を預けることは決してしない。

成滝はアメリカ側に、「京都」という情報を知らせている。その結果、アメリカ側の動きを監視していた安全部が、判明しているＣＩＡのセーフハウスをとり囲んだ。

デコイまでをそこに送りこめば、戦闘になるし、それを知った上でアメリカが協力するとは思えない。成滝は地名だけを流し、安全部と特務の員数を分断する作戦をとったのだ。

だがこの作戦には欠点がある。本格的な監視がおこなわれればすぐに、そこに標的となる人物がいないと露見してしまうことだ。デコイがいれば時間は稼げる。しかしデコイなしでそれは難しい。

携帯電話を咲村がさしだした。河内山だった。

「セーフハウスはどうでした？」

「安全部が動員されている。数も多い。我々が確認したのは、左京区と西京区の二軒だが、それぞれに十名近い人間が張りついている」

「するとどちらかに？」

「いないと思う。だが、この連中を排除してほしい」

「なぜです」

「メッセージだ」

「メッセージ？」

今思いついたことを葛原は手短かに喋った。

「成滝はアメリカ側のセーフハウスを一種のデコイとして使っているが、この偽装はあまり長くは保《も》たない。せいぜい半日か一日の時間稼ぎにしかならないんだ。つまり――」

河内山の声が緊張した。

「もうそれほどの時間を彼らは必要としていないということですね」

「そうなる」

「ではなぜ？」

「時間稼ぎが短くてすむといっても、林が日本を離れるまでは、成滝は気を抜けない筈だ。安全部の監視チームを排除すれば、成滝は我々が敵には決して回っていないことを改めて確認する筈だ」

「それはそうかもしれませんが、だからといって向こうから我々に連絡をとってくるとは思えません」

「ああ。だからこれは単なるメッセージだというのさ」

「意味があるのですか、そのメッセージに」

「ある。しかし電話ではいえない」

河内山は沈黙した。武装している工作員グループを摘発するには警察官の大量動員は避けられない。そうなればマスコミは明らかに日本国内で重大なできごとが進行中であると気づくだろう。それをさらに抑えこむのは至難の業だ。

河内山の心に迷いが芽生えている。

葛原の指示に従って次々とマスコミの注目を惹きつける行動を警察当局がとれば、やがては葛原に対する脅迫が裏目にでる時期がやってくる。一警察官僚の暴走でしたではすまされないような人員の動員と配備がおこなわれているのだ。警察の動きが激しければ激しいほど、河内山ひとりの責任とは誰も思わない。もちろん河内山ひとりの首をとばし、あくまでも口をぬぐいつづけようとはするだろう。しかしこの先ひとりでも警察官に負傷者がでることになり、その上で葛原との〝取引〟が表沙汰になれば、これは一警視正の責任ではすまない。

河内山にも引き際がある。

「――どうやらお会いしなければならないようですね」

河内山は重たい声でいった。

「新幹線で会おう」

「新幹線で？」

河内山の声に驚きが混じった。同時に咲村と大出がさっと葛原を見た。

「そうだ。あんたが乗る上りの列車に、我々も京都から合流する。我々の次の目的地は、東京だ」

(下巻につづく)

光文社文庫

闇《やみ》先《さき》案《あん》内《ない》人《にん》（上）

著者　大《おお》沢《さわ》在《あり》昌《まさ》

2023年10月20日　初版1刷発行
2023年11月25日　2刷発行

発行者　三宅貴久
印刷　新藤慶昌堂
製本　ナショナル製本

発行所　株式会社　光文社
〒112-8011　東京都文京区音羽1-16-6
電話（03）5395-8147　編集部
8116　書籍販売部
8125　業務部

© Arimasa Ōsawa 2023
落丁本・乱丁本は業務部にご連絡くだされば、お取替えいたします。
ISBN978-4-334-10072-8　Printed in Japan

R　<日本複製権センター委託出版物>
本書の無断複写複製（コピー）は著作権法上での例外を除き禁じられています。本書をコピーされる場合は、そのつど事前に、日本複製権センター（☎03-6809-1281、e-mail : jrrc_info@jrrc.or.jp）の許諾を得てください。

組版　萩原印刷

本書の電子化は私的使用に限り、著作権法上認められています。ただし代行業者等の第三者による電子データ化及び電子書籍化は、いかなる場合も認められておりません。

レオナール・フジタのお守り　大石直紀
だいじな本のみつけ方　大崎梢
さよなら願いごと　大崎梢
もしかしてひょっとして　大崎梢
新宿鮫　新装版　大沢在昌
毒猿　新装版　大沢在昌
屍蘭　新装版　大沢在昌
無間人形　新装版　大沢在昌
炎蛹　新装版　大沢在昌
氷舞　新装版　大沢在昌
灰夜　新装版　大沢在昌
風化水脈　新装版　大沢在昌
狼花　新装版　大沢在昌
絆回廊　大沢在昌
暗約領域　大沢在昌
鮫島の貌　大沢在昌
撃つ薔薇　AD2023涼子　新装版　大沢在昌

死ぬより簡単　大沢在昌
闇先案内人（上・下）　大沢在昌
彼女は死んでも治らない　大澤めぐみ
YＡ子に世界は難しい　大澤めぐみ
神聖喜劇（全五巻）　大西巨人
野獣死すべし　大藪春彦
獣たちの黙示録（上）潜入篇　大藪春彦
獣たちの黙示録（下）死闘篇　大藪春彦
ヘッド・ハンター　大藪春彦
みな殺しの歌　大藪春彦
凶銃ワルサーP38　大藪春彦
復讐の弾道　新装版　大藪春彦
春宵十話　岡潔
人生の腕前　岡崎武志
白霧学舎　探偵小説倶楽部　岡田秀文
首イラズ　岡田秀文
今日の芸術　新装版　岡本太郎

光文社文庫　好評既刊

神様からひと言　荻原　浩
明日の記憶　荻原　浩
あの日にドライブ　荻原　浩
さよなら、そしてこんにちは　荻原　浩
海馬の尻尾　荻原　浩
純平、考え直せ　奥田英朗
泳いで帰れ　奥田英朗
向田理髪店　奥田英朗
竜になれ、馬になれ　尾崎英子
グランドマンション　折原　一
棒の手紙　折原　一
ポストカプセル　折原　一
劫尽童女　恩田　陸
最後の晩餐　開高　健
ずばり東京　開高　健
サイゴンの十字架　開高　健
白いページ　開高　健

狛犬ジョンの軌跡　垣根涼介
トリップ　角田光代
銀の夜　角田光代
オイディプス症候群(上・下)　笠井　潔
吸血鬼と精神分析(上・下)　笠井　潔
ボクハ・ココニ・イマス　梶尾真治
李朝残影　梶山季之
嫌な女　桂　望実
諦めない女　桂　望実
おさがしの本は　門井慶喜
うなぎ女子　加藤　元
応戦　1　門田泰明
応戦　2　門田泰明
奥傳　夢千鳥　門田泰明
夢剣　霞ざくら　門田泰明
汝　薫るが如し　門田泰明
天華の剣(上・下)　門田泰明

メールヒェンラントの王子　金子ユミ
完全犯罪の死角　香納諒一
祝山　加門七海
目囊 ―めぶくろ―　加門七海
203号室 新装版　加門七海
深夜枠　神崎京介
ココナツ・ガールは渡さない　喜多嶋隆
A7 しおさい楽器店ストーリー　喜多嶋隆
B♭ しおさい楽器店ストーリー　喜多嶋隆
C しおさい楽器店ストーリー　喜多嶋隆
Dm しおさい楽器店ストーリー　喜多嶋隆
紅子　北原真理
暗黒残酷監獄　城戸喜由
ハピネス　桐野夏生
ロンリネス　桐野夏生
世界が赫に染まる日に　櫛木理宇
虎を追う　櫛木理宇

今宵、バーで謎解きを　鯨統一郎
オペラ座の美女　鯨統一郎
ベルサイユの秘密　鯨統一郎
銀幕のメッセージ　鯨統一郎
テレビドラマよ永遠に　鯨統一郎
三つのアリバイ　鯨統一郎
雨のなまえ　窪美澄
エスケープ・トレイン　熊谷達也
天山を越えて　胡桃沢耕史
蜘蛛の糸　黒川博行
雛口依子の最低な落下とやけくそキャノンボール　呉勝浩
ミステリー作家は二度死ぬ　小泉喜美子
ショートショートの宝箱　光文社文庫編集部編
ショートショートの宝箱Ⅱ　光文社文庫編集部編
ショートショートの宝箱Ⅲ　光文社文庫編集部編
ショートショートの宝箱Ⅳ　光文社文庫編集部編
ショートショートの宝箱Ⅴ　光文社文庫編集部編

光文社文庫　好評既刊

Jミステリー2022 SPRING　光文社文庫編集部編
Jミステリー2022 FALL　光文社文庫編集部編
Jミステリー2023 SPRING　光文社文庫編集部編
Jミステリー2023 FALL　光文社文庫編集部編
父からの手紙　小杉健治
土俵を走る殺意 新装版　小杉健治
十七歳　小林紀晴
幸せスイッチ　小林泰三
因業探偵　小林泰三
杜子春の失敗　小林泰三
シャルロットの憂鬱　近藤史恵
機捜235　今野敏
KAMINARI　最東対地
女子と鉄道　酒井順子
シンデレラ・ティース　坂木司
短劇　坂木司
和菓子のアン　坂木司

アンと青春　坂木司
アンと愛情　坂木司
和菓子のアンソロジー　リクエスト！坂木司
死亡推定時刻　朔立木
光まで5分　桜木紫乃
屈折率　佐々木譲
北辰群盗録　佐々木譲
図書館の子　佐々木譲
天空への回廊　笹本稜平
素行調査官　笹本稜平
漏洩　笹本稜平
卑劣犯　笹本稜平
ボス・イズ・バック　笹本稜平
サンズイ　笹本稜平
ジャンプ　佐藤正午
彼女について知ることのすべて　佐藤正午
身の上話　佐藤正午

人参倶楽部　佐藤正午
ダンスホール　佐藤正午
ビコーズ　新装版　佐藤正午
死ぬ気まんまん　佐野洋子
女王刑事　沢里裕二
女王刑事　闇カジノロワイヤル　沢里裕二
ザ・芸能界マフィア　沢里裕二
全裸記者　沢里裕二
女豹刑事　雪爆　沢里裕二
ひとんち　澤村伊智短編集　澤村伊智
わたしの台所　沢村貞子
わたしの茶の間　新装版　沢村貞子
わたしのおせっかい談義　新装版　沢村貞子
しあわせ、探して　三田千恵
鉄のライオン　重松清
恋愛未満　篠田節子
黄昏の光と影　柴田哲孝

砂丘の蛙　柴田哲孝
赤猫　柴田哲孝
野守虫　柴田哲孝
幕末紀　柴田哲孝
猫は密室でジャンプする　柴田よしき
猫は毒殺に関与しない　柴田よしき
ゆきの山荘の惨劇　柴田よしき
流星さがし　柴田よしき
司馬遼太郎と城を歩く　司馬遼太郎
司馬遼太郎と寺社を歩く　司馬遼太郎
北の夕鶴2/3の殺人　島田荘司
奇想、天を動かす　島田荘司
龍臥亭事件（上・下）　島田荘司
龍臥亭幻想（上・下）　島田荘司
漱石と倫敦ミイラ殺人事件　完全改訂総ルビ版　島田荘司
本日、サービスデー　朱川湊人
狐と韃　朱川湊人

光文社文庫最新刊

- 蘇れ、吉原　吉原裏同心(40)　佐伯泰英
- 神君狩り　決定版　夏目影二郎始末旅(十五)　佐伯泰英
- 闇先案内人　上・下　大沢在昌《ありまさ》
- ヒカリ　花村萬月
- 宝の山　水《みず》生《き》大《ひろ》海《み》
- アンソロジー　嘘と約束　アミの会
- Jミステリー2023　FALL　光文社文庫編集部・編
- あとを継ぐひと　田中兆子
- 人生の腕前　岡崎武志
- ほっこり粥《がゆ》　人情おはる四季料理(二)　倉阪鬼一郎
- 迷いの果て　新・木戸番影始末(七)　喜安幸夫
- 岩鼠の城　定廻り同心 新九郎、時を超える　山本巧次